La femme qui voit de l'autre côté du miroir

Groupe Eyrolles
61, bd Saint-Germain
75240 Paris Cedex 05
www.editions-eyrolles.com

Avec la collaboration de Nolwenn Trehondart

ISBN : 978-2-212-56924-7

Catherine Grangeard
Daphnée Leportois

La femme qui voit de l'autre côté du miroir

Roman
EYROLLES

1

— Ton cadeau, tu le veux maintenant ou au dessert ?

La voix de Valérie est pleine de chaleur et de cette joie d'offrir qui la caractérise. Lucie ne se donne pas la peine de répondre à sa mère. Elle connaît d'avance la scène qui va se jouer : elle n'a pas son mot à dire. Son père s'exclame :

— Pourquoi attendre le dessert ? On est tous les quatre réunis là pour ça. Je suis sûr que Lulu est encore plus impatiente que nous. On ne va quand même pas s'embêter à porter le cadeau jusque dans la cuisine alors qu'il est pile devant nous…

C'est vrai que, dans le salon, entre le canapé d'angle et la cheminée, trône un objet très volumineux, juste à l'endroit où, en décembre, le sapin se pavane avec ses guirlandes lumineuses et les amas d'étrennes à ses pieds. Depuis qu'elle est arrivée et s'est assise confortablement sur le canapé, Lucie a, bien sûr, repéré cette énormité, emballée avec soin dans un paquet cadeau pailleté. Mais elle a fait en sorte de ne pas fixer cette grosse masse dans son champ visuel et, surtout, de ne pas se focaliser sur la panique de même importance qu'elle suscite en elle. Les rayons du soleil, accentuant la douce ambiance safranée de la pièce, entre divan jaune d'or, parquet aux reflets fauves et joyeux portraits de famille dans leurs cadres ocre, n'y font rien. Ça l'angoisse.

Elle leur avait bien dit ne pas vouloir de cadeau. Un simple repas en famille lui aurait suffi. C'est déjà suffisamment éprouvant.

Ça, elle ne l'a pas dit, évidemment. Elle avait tenté de faire passer pour un engagement anticonsumériste sa peur de recevoir un présent qui ne lui ressemble en rien et que ses parents, pourtant persuadés de tomber juste, se sont fait un plaisir de lui acheter. « Tu sais, maman, j'ai déjà tout ce qu'il me faut », avait-elle argué au téléphone. Elle savait, au fond, que c'était peine perdue. Ils n'écoutent jamais rien de toute façon.

Ses parents ont toujours été généreux. Prodigues même. Cette coiffeuse rose pétant sur laquelle elle avait flashé en feuilletant les catalogues de jouets ? Elle l'avait obtenue à la fin du trimestre, pour la récompenser d'avoir bien travaillé à l'école. La maison de Barbie de sa meilleure amie avec laquelle elle passait des heures à jouer ? Il suffisait d'attendre Noël. Petite fille, elle réclamait des cadeaux gigantesques ; ses parents s'y sont habitués, sans réaliser qu'elle a changé depuis. Résultat : à chaque fois, elle a beau savoir qu'ils vont lui offrir quelque chose qui ne correspond pas à ses désirs, elle n'est jamais prête. Ça l'oppresse.

Trop tard. Son frère joint le geste à la parole paternelle et entoure de ses bras musclés l'objet surprise. « Allez, ce n'est pas plus mal d'être fixée », tente-t-elle de se convaincre intérieurement. Jules soulève le paquet. Pendant que ses biceps enflent, son estomac à elle se resserre. Effet sablier : il exhibe sous son T-shirt blanc près du corps sa musculature gonflée et ça la vide de toute énergie. Leur mère esquisse un sourire et un chantonnement timides :

— Joy…

Le père et le fils s'y mettent aussi et entonnent en chœur :

— …eux aaaaanniiiiversaaaaaaire, Lucie ! Joooooyeux aaaaaanniiiiveeeeersaire, Lucie ! Joyeux aaaaanniiiiveeeerssaire, Lucie ! Joyeuuuuux aaanniiiiversaireuuuuuh !

Les yeux brillants de sanglots qu'elle réussit à retenir, elle chuchote un « merci » quasi inaudible, que son père, aux aguets, parvient à capter.

— Attends de voir ce que c'est. Là, tu pourras nous remercier, s'amuse-t-il.

— Serge ! se récrie sa mère avec douceur.

En les voyant se jeter des regards complices, Lucie a comme l'impression qu'on lui joue un mauvais tour. Elle se soulève du canapé et commence à racler le scotch. « Oh, mais vas-y, déchire », commente son frère. Elle essaie, les doigts tremblants, de défaire délicatement le paquet cadeau. Des bouts d'adhésif s'agglutinent sous ses ongles. Elle s'arrête un instant, le temps de reprendre contenance.

Son frère insiste : « Allez, fais pas ta précieuse... » S'il savait comme son ventre se gonfle de trémolos. Son père a sorti le Smartphone et la mitraille. Elle dégrossit le sourire forcé qu'elle lui adresse. Tout mais pas se retrouver avec des joues de hamster, voire de cochon d'Inde, dans l'album familial. Elle accélère le rythme. Voilà. Le papier cadeau est à terre. Devant elle se dresse un emballage en carton sur lequel on distingue le dessin d'un vélo d'appartement. Le cadeau de ses 25 ans. Elle retient ses larmes. On n'entend plus que le bruissement du papier sous ses pieds.

— Eh ben... arrive-t-elle enfin à prononcer.

— On s'est donné, hein ? lui sourit Jules.

— On a surtout réussi à garder la surprise jusqu'au bout. Avec celui-là qui ne sait pas tenir sa langue, ce n'était pas gagné, se réjouit Valérie en regardant tendrement son mari.

— Tu ne dis rien... ? s'agite Serge, qui ne sait plus quoi faire de son portable.

— C'est juste que je suis super surprise, s'excuse presque Lucie. Je ne m'y attendais pas, mais alors pas du tout. Merci beaucoup. Vous êtes au top.

Elle vient les enlacer un par un, se plie aux bisous sonores de sa mère joue contre joue et lèvres en l'air, à l'accolade avec double tape dans le dos à l'américaine de son frère et au câlin appuyé de son paternel.

— Ah ah, lance ce dernier sur un ton victorieux. J'étais sûr que ça te plairait. Un peu d'entraînement et tu auras les cuisses suffisamment musclées pour pouvoir botter l'arrière-train du frangin !

Ils éclatent tous de rire, Jules le premier, les mains déjà sur les fesses comme pour se protéger de la talonnade imaginée.

— Je ne devrais pas dire ça, se reprend Serge. On a prévu que ce soit lui qui ramène la « bête » en voiture et la monte jusqu'à ton appartement.

— Avec vous, on dirait que je suis bon qu'à ça... riposte Jules, goguenard, en faisant saillir les muscles de ses bras en mode Popeye. Faudrait pas oublier que j'ai aussi un p'tit cœur fragile.

— J'espère que ton « p'tit cœur fragile » supportera la charge, sans exploser ton nombre de battements par minute, rétorque le père, provoquant de nouveau l'hilarité familiale.

— On verra bien. Sinon, au pire, tu auras ma mort sur la conscience, répond du tac au tac Jules.

— Meilleur cadeau d'anniversaire *ever*, ponctue Lucie avec ironie.

— Bon, c'est pas le tout, mais si on passait à table ? s'écrie Serge. Tu as de la chance, Lucie, à partir de maintenant, tu vas pouvoir te régaler sans culpabiliser. Un petit sprint ce soir sur ton vélo tout neuf, il n'y a que ça de vrai pour brûler les calories ! Ça me rappelle le petit vélo rouge à roulettes qu'on t'avait offert, tu te souviens ? Tu sais, on a toujours la photo...

Lucie le regarde, au bord de la crispation. Elle décroche de la conversation, qui s'effiloche rapidement : Serge a dû se rendre compte qu'il parlait tout seul. Lucie reste silencieuse. Le fumet du bon plat cuisiné par sa mère lui arrive aux narines. Elle a beau adorer l'odeur des aubergines farcies, un goût amer persiste en bouche. La gorge contractée. Une salivation excessive. Presque la nausée.

Chacun prend place autour de la table ronde dans la cuisine. La salle à manger, c'est pour les grandes occasions, quand les parents reçoivent. Là, on est en famille. Serge garde le dos au mur. Petit, c'était là que Jules s'asseyait, jusqu'à ce que Valérie lui ordonne de changer de place. Ses mouvements de balancier l'avaient poussée à bout. Il avait donc échangé cette place étriquée avec son père. À l'époque, Lucie aurait déjà eu du mal à s'y engoncer. Elle a conservé sa place attitrée, se retrouvant face à Serge. Son regard capte les petites entailles dans le mur blanc qui lui rappellent les remarques exaspérées de sa mère et la désinvolture de son frère, qui, même lorsque les quatre pieds de sa chaise en bois étaient à terre, avait l'habitude de se lever de table en reculant brusquement. Et que je cogne le dossier, et que j'encoche le mur…

Maintenant, Jules est installé à sa droite. Ses gestes sont plus mesurés, moins précipités en tout cas que ceux qu'il avait enfant. Il se sert de l'eau et, la carafe toujours en main, avale tout d'un grand coup. Serge lui tend son verre. Jules se ressert d'abord, puis le lui remplit, avant de reposer la carafe au milieu de la table. Lucie attrape le verre de sa mère, le sien, et y déverse l'eau sans mot dire.

— Fallait demander, râle Jules.

— Tu pouvais proposer, tacle Valérie, en reposant sa spécialité d'aubergines sur le dessous-de-plat en liège. Faites attention, c'est brûlant !

Elle opère aussi sec un demi-tour vers le plan de travail en granit brillant pour transférer avec une cuillère en bois le riz blanc de l'autocuiseur vers le plat en porcelaine tout aussi éthéré. Hop, elle y ajoute une louche de crème fraîche.

— Ne t'inquiète pas, ma chérie, elle est allégée.

— Vas-y, mam', mets la dose, intervient Jules. Sinon, ça va être trop sec.

Valérie poursuit son affaire comme si elle n'avait pas entendu. Lorsqu'elle apporte le riz sur la table, elle fait glisser le pot de crème fraîche à côté de son fils, le manche de la cuillère s'enfonçant dans l'onctueuse blancheur :

— Si tu veux noyer ton riz dans la crème, libre à toi. Finis le pot même, je t'en fais cadeau.

Jules lève les yeux au ciel. Chacun garde le silence. Le moindre mot de travers et la situation pourrait dégénérer : pas sous la forme d'insultes régurgitées, non, une simple tension, en sourdine, silencieuse et pourtant déjà bien palpable.

Serge s'empare de la louche.

— Bon, je fais le service. Vos assiettes… Lucie, toi d'abord, c'est ton anniversaire, après tout. Faudrait pas que ton ogre de frère engloutisse tout et qu'il ne te reste rien.

L'ambiance se déride. Une aubergine, deux auberg…

— Stop, stop, papa. Une seule, ça suffit.

— Quoi ? Tu n'as pas faim ? s'étonne-t-il, cuillère en l'air.

— Mais si, papa. Pas une faim de loup, voilà tout.

L'aubergine bougeotte dans l'assiette à côté de sa moitié.

— Tu la donneras à ton frère si tu n'en veux pas. Mais je suis sûr que tu la mangeras. Tu ne vas quand même pas faire régime aujourd'hui, ma Lucette, conclut-il avec affection.

— En parlant de régime, j'ai une annonce à vous faire, balbutie Lucie.

— Encore ? Mais, enfin, c'est ton anniversaire ! S'il y a bien un jour où tu peux te faire plaisir, ma petite chérie, c'est aujourd'hui, réplique dans la seconde son père.

— Justement, c'est mon anniversaire, c'est ma journée, insiste-t-elle d'un ton ferme, le rouge aux joues.

On n'entend plus que le claquement de la fourchette de Jules sur la faïence et sa dentition. L'annonce de sa sœur le fait déglutir bruyamment :

— Alors, frangine, c'est quoi ? Après le régime paléo, tu vas devenir *vegan* ? Je juge pas, hein. Perso, ça ne me pose pas de problème. Au contraire, si tu veux me refiler la farce de tes aubergines… Ben quoi, c'est tendance maintenant, vous n'avez qu'à regarder sur Intern…

Ses derniers mots à destination des parents se noient dans la bouchée suivante. Lucie le regarde fixement.

— Oh là là, on ne peut même plus rigoler, raille-t-il, la bouche entrouverte.

— Personne ne t'a jamais dit que c'était malpoli de parler la bouche pleine ? lui renvoie sa sœur sans rancune.

— Qu'est-ce que tu dis ? Je n'ai pas en-ten-du…

Jules articule chaque mot en détachant bien toutes les syllabes. La vision n'est pas des plus appétissantes. Filets de salive et miettes de viande accrochées aux dents accompagnent le clin d'œil fraternel. Si Jules gloussait, elle est sûre que des morceaux ricocheraient sur la table familiale.

— Eh bien, en fait, je voulais vous dire que les régimes pour moi, c'est fini.

Valérie accueille la déclaration d'un froncement de sourcils. Elle semble attendre la suite pour décréter si c'est une bonne ou une mauvaise nouvelle ; dans l'intervalle, elle se concentre sur son assiette chichement remplie. Du côté de Serge, la réponse fuse :

— Ah, super, ma chérie ! La solution, ce n'est pas ces fichus régimes. C'est le sport. Je te l'ai toujours dit. Je savais qu'on avait choisi le cadeau qu'il fallait.

— Oui, ça va m'aider, admet Lucie en avalant quelques grains de riz crémeux.

Elle repose sa fourchette dans son assiette :

— Surtout après l'opération.

Son père, en train de boire, s'étrangle, il tousse à pleins poumons. Lucie lui laisse à peine le temps de retrouver son souffle :

— Oui, j'ai décidé, pour mon anniversaire, de m'offrir une chirurgie bariatrique.

De surprise, Valérie ouvre une bouche toute ronde, tandis que Serge continue d'expectorer les gouttes d'eau avalées de travers. Quant à Jules, il explose de rire, gardant toutefois la main devant la bouche pour récupérer les fragments de nourriture prémâchée.

— Désolé, vraiment, c'est nerveux ! Les parents, vous en faites une tête. Ah, j'te jure, t'es la reine des surprises.

Chacun reprend peu à peu ses esprits.

— Bariatrique ? Mais, enfin, ça veut dire quoi ? demande Serge.

— C'est une chirurgie de l'obésité, poursuit Lucie avec calme, sans se démonter.

— Ah, laisse échapper Serge, toujours aussi déconcerté. OK. D'accord. Je… Enfin, je ne sais pas trop en quoi ça consiste, mais est-ce que ce n'est pas un peu extrême comme choix, ma puce ? tente-t-il d'argumenter d'un ton léger, sans trop oser la regarder. Je veux dire, passer sur le billard pour quelques kilos en trop…

— Pas quelques, papa. Entre 20 et 30.

— Arrête, tu exagères… l'interrompt-il, tandis que Valérie, sans mot dire, triture sa serviette de table.

— Tu pèses combien ? demande Jules avec quelques millisecondes de décalage.

— Je n'ai pas à vous donner mes mensurations, objecte Lucie.

— On ne demande pas son poids à une femme. C'est indiscret. On ne t'a vraiment rien appris ? s'indigne Valérie, en foudroyant son fils du regard.

— Tu mesures combien alors ? reprend-il.

Serge esquisse un sourire :

— Malin ! On dit que les femmes sont censées peser 10 kilos de moins que leur taille.

— C'est une idée reçue, ça, rétorque Lucie, sur la défensive.

Malgré son ton affirmé, en Seconde, elle avait vécu le dépassement du cap des 57 kilos comme une entrée définitive dans la catégorie « poids lourds ». Elle n'était pas en surpoids pourtant.

— Oui, oui, concède Serge. J'imagine que ça dépend. Le muscle pèse plus lourd que la graisse, c'est bien connu. Même moi qui ne connaissais pas le mot « bariatrique », je le sais. Mais quand même, Lucie, dans la famille, on a les os lourds, faut pas l'oublier.

— Ce ne sont pas mes os qui me font peser 20 à 30 kilos de trop, fulmine Lucie, au bord de l'implosion.

Valérie enfourne par automatisme une minuscule bouchée d'aubergine et prend enfin la parole :

— Là où ton père a raison, c'est que, une opération, c'est toujours dangereux, il y a l'anesthésie et les erreurs médicales. Ce que je veux dire, c'est que, avant d'en arriver là, pourquoi ne prendrais-tu pas d'abord un rendez-vous avec un nutritionniste ? Pour t'aider à tenir ton régime jusqu'au bout. C'est difficile d'y arriver sans être accompagnée. C'est pour ça qu'à chaque fois ça rate. J'ai lu, dans un magazine, je ne sais plus lequel, que les régimes suivis médicalement étaient ceux qui fonctionnaient le mieux. Prends le temps d'y réfléchir au moins.

— C'est tout réfléchi. J'ai déjà eu le rendez-vous avec le chirurgien.

— Quand même, 30 kilos de trop, c'est n'importe quoi, s'acharne Serge, en reposant sa fourchette dans son assiette. Tu es ronde, c'est vrai, mais ce n'est pas grave, au contraire : les hommes aiment les femmes bien en chair. Peut-être qu'il te manque du muscle, ça, d'accord. Mais, enfin, si tu faisais un peu de sport pour raffermir le tout, tu réglerais le problème en moins de deux…

Lucie a des grains de riz plein les dents. Ça grince. Elle a envie de hurler : « Vas-y, toi, essaie de faire du sport avec quasi 30 kilos de trop, vas-y, tu vas voir comme c'est agréable de dégouliner de sueur rien que dans les cabines d'essayage de Décathlon, hein, tente le coup, toi, tu ne sais pas ce que c'est, le cœur qui tressaute tellement fort que ça fait mal juste à l'échauffement, non, mais, vas-y, toi, hein, tu regardes les autres réaliser leurs mouvements tranquillement et en cadence pendant que tes poumons se contractent tellement que tu as l'impression que tu vas crever sur place, alors vas-y, tu sais quoi ? Je te laisse ma place ! » Mais les mots se cognent dans sa tête et restent coincés en travers de sa gorge. Cette violence qu'elle ressent ne franchit pas le seuil de ses lèvres. Elle la ravale, avec le riz et un bout d'aubergine.

— Papa, maman, je n'exagère pas. J'ai déjà fait du sport et plein de régimes mais ça ne suffit pas. Franchement, quel choix j'ai ? Me priver de nourriture, avoir faim, vraiment faim, non-stop, et passer mon temps libre à m'entraîner au marathon ? Ou alors, continuer de grossir et devenir de plus en plus obèse pour clamser d'un infarctus beaucoup trop jeune ? Ce n'est pas une vie… En tout cas, moi, je n'ai pas envie de cette vie-là. Et ma décision n'a rien à voir avec les hommes, ce n'est pas une histoire de séduction, je le fais pour moi. Vous pouvez comprendre, non ? Oh, et puis, de toute façon, si vous ne comprenez pas, c'est pas grave. Ça se fera quand même : je n'ai plus qu'un rendez-vous de routine la semaine prochaine avec une psy pour caler la date.

Serge tique de nouveau sur le terme « obèse ». Sa femme pose sa main sur la sienne pour éviter d'envenimer davantage le repas.

— Parce que, avoir du poids, c'est considéré comme un trouble psychiatrique ?

Comme d'habitude, Jules fait preuve d'ironie pour tenter de détendre l'atmosphère.

— Si ça se trouve, tu ne vas jamais pouvoir la faire ton opération-miracle : la psy va direct t'enfermer chez les fous. La chance ! Tu auras droit à plein de drogues LÉ-GA-LES et gratos, remboursées par la Sécu. Garantie sans overdose parce qu'un p'tit interne sexy surveillera le dosage. Lulu, je ne regrette pas d'être remonté sur Paris, t'es vraiment la reine des bons plans : j'espère au moins que tu m'en feras profiter !

— T'es con, pouffe Lucie.

À sa façon, Jules a réussi à dédramatiser la scène. Sa petite tirade a surpris les parents mais les a aussi déridés, ça se voit à la fossette au creux de la joue gauche de Valérie et aux pattes d'oie au coin des yeux de Serge. Grâce à son sens de la dérision, la réalité de l'opération devient plus tolérable.

— Faut pas que ça t'empêche de démarrer le vélo avant, histoire d'avoir de jolies gambettes et d'attirer Docteur Mamour jusqu'à ton lit d'hôpital !

Lucie lui balance ses guibolles sous la table, mais Jules ne perd pas le nord.

— C'est quand ?

— … ?

— Le rendez-vous ?

— Vendredi prochain, en début d'aprèm. Bon, je n'ai pas envie qu'on s'attarde sur le sujet. On en reparle quand la date de l'opération sera fixée. Ça me fera plaisir de voir passer vos têtes à l'hôpital, sourit Lucie.

Épuisée par la conversation, mais soulagée d'avoir réussi à faire passer son message, elle commence seulement à apprécier son repas d'anniversaire. Elle attrape son couteau, sa fourchette, embroche la farce et incise l'aubergine encore chaude qu'elle porte à sa bouche. Révélation : alors que les bouchées précédentes, ingurgitées par réflexe, semblaient fades, celles-ci emplissent son palais de saveurs chaudes et juteuses.

Maintenant que c'est sorti, quelque chose en elle se relâche. Comme un ressort qui se détend. Même si elle ne peut s'empêcher d'être piquée par les remarques maladroites de son père au moment du dessert : de jolis bols de pêches bien mûres en morceaux accompagnées de fromage blanc (allégé, cela va sans dire). Comme chaque année, pas de bougies qu'il faut se presser d'éteindre d'un souffle d'un seul vite-vite avant que la cire fonde sur le gâteau. À la place, de nouveau une sourde envie de fondre en larmes, qu'elle s'empresse de faire disparaître.

— Dire qu'à 25 ans, Valou, tu prenais du poids parce que tu avais ce petit bout dans ton ventre… Ça passe tellement vite. Maintenant, les jeunes prennent leur temps pour avoir des enfants. Ce n'est pas demain qu'on sera grands-parents. À ce propos, Lucie, Mamou et Grand-Pa t'ont appelée ? On peut leur téléphoner tout à l'heure, ça leur fera plaisir de tous nous avoir, et puis eux aussi ont participé au cadeau…

« Et patati et patata », grogne Lucie dans sa tête. Elle aimerait bien trouver une excuse recevable pour remettre à plus tard. Quel épuisement de toujours tenir ce rôle de bonne fille ! Néanmoins, elle sait qu'elle n'y coupera pas. Une fois la table desservie et la cuisine lustrée, elle laisse un message de remerciement sur le répondeur de ses grands-parents, qui, à cette heure, doivent être sortis à la plage. Tout en concluant poliment « Merci beaucoup pour ce super cadeau », elle ne peut s'empêcher de se demander ce qu'elle va bien pouvoir faire de ce fichu vélo : il va prendre une place monstre dans son appartement et en prend déjà une conséquente dans son cerveau. Heureusement, Jules a annoncé qu'il était pressé, les retrouvailles familiales sont vite abrégées.

Sauf que, sur la route du retour, il lui faut encore se farcir les questions incessantes de son frère : « Ça fonctionne comment ? Ils te coupent une partie de l'estomac ? Ils te mettent un anneau ? Mais tu vas perdre combien de kilos ? J'imagine que ce n'est pas instantané, mais genre en combien de temps ? Et après, tu ne vas pas avoir la peau du bide qui pend ? Va falloir que tu fasses une opération de chirurgie esthétique ? Tu n'as pas peur ? »

Elle essaie de lui répondre scientifiquement, d'un ton neutre et sans émotions :

— La sleeve, t'enlèves deux tiers de l'estomac. Le by-pass, tu crées un raccourci pour que les aliments aillent direct dans l'intestin. Mais, dans les deux cas, c'est surtout pour les personnes atteintes d'obésité sévère ou morbide. Moi, j'ai juste un IMC d'obèse « modéré ». Donc je vais probablement avoir un anneau. Entre l'œsophage et l'estomac. C'est pour ne pas avoir la dalle non-stop, atteindre plus vite « la satiété » comme ils disent. Enfin, le chirurgien fait aussi des sleeves en cas d'obésité modérée. On n'a pas encore décidé… Quoi qu'il en soit, on verra bien combien de kilos je perds et comment réagit ma peau. Après tout, certaines femmes enceintes prennent 20 kilos pendant la grossesse et les reperdent en partie après.

La discussion la met mal à l'aise, alors elle questionne son frère :

— Ça te fait peur, toi ? Tu crois que tu ne vas plus me reconnaître ?

Jules prend son temps. Il profite d'un feu qui passe au vert pour lui répondre au moment d'enclencher la seconde :

— J'avoue, je ne sais pas. Ça va me faire bizarre tout de même. Mais, bon, ça va être progressif, j'imagine… On s'en rendra surtout compte à la fin avec les photos avant-après. C'est un peu comme ma musculature. Genre, tu regardes les photos de l'année dernière, avant que je commence le CrossFit, c'est dingue la différence.

Elle qui pensait que c'était parce qu'elle prenait du poids que le corps de son frère lui paraissait de plus en plus musclé… En fait, la différence se creusait : son apparence à lui aussi changeait, sa masse musculaire se renforçait.

Arrivés devant chez elle, évidemment, il n'y a pas de place dans la rue. Jules fait le tour du pâté d'immeubles, élargit le rectangle et finit par en dénicher une riquiqui. Il manœuvre, cogne discrètement le pare-chocs de la voiture de derrière et, voyant qu'il s'agit d'un vieux véhicule au frein à main usagé, se gare en appuyant sur l'accélérateur pour forcer un peu la place. Il transporte tout guilleret le vélo jusqu'à l'immeuble et son ascenseur brinquebalant. Celui-ci n'est pas bien grand. Deux personnes peuvent y tenir mais uniquement en position *Men in Black*, aussi droites et repassées qu'un costume sortant du pressing. Jules réussit à y déposer le « paquet » :

— Vas-y, je te laisse la place à côté du vélo. Je monte à pied.

Lucie suffoque.

— Non, je te suis, je prends l'escalier aussi.

Elle tend le bras et appuie sur le bouton de son étage. C'est le seul avantage de ce vieil appareil : ses portes se referment avec une telle lenteur qu'il peut aussi faire office de monte-charge.

Elle commence à monter les marches, plus lentement que son frère. Quand elle arrive au troisième, Jules a déjà sorti le vélo de l'ascenseur et se tient devant la porte. « Allez, on se magne, ouvre vite ! » Il a l'air pressé d'un coup. Essoufflée, elle farfouille dans son sac, rentre la clef dans la serrure et ouvre en grand. Jules dépose le colosse dans le salon, fait demi tour puis lui présente son poing pour faire un check.

— Je me grouille, j'ai un date Grindr.

— Hein ? Quoi ?

— Un rendez-vous, quoi. Moi qui croyais que t'étais bilingue, poursuit-il sur un ton plaisantin. Enfin, je t'expliquerai… plus tard.

Pour une fois, il semble hésitant. Elle cogne son poing avec mollesse.

— Allez, *ciao* ! Tu me textotes vendredi ?

Pendant qu'il dévale l'escalier à toute vitesse, elle lui lance un « oui » faiblard qui résonne dans la cage et referme la porte. Le mieux serait qu'elle ouvre le carton et monte le vélo. Ce sera déjà ça de fait. En découvrant le mode d'emploi, elle manque défaillir. Pire qu'un meuble Ikea. Elle reprend son sac d'un geste brusque et sort sur le palier. L'ascenseur n'a pas bougé. Elle y voit un signe et s'installe, dos au miroir, bien au milieu, pour éviter que les portes pliantes intérieures s'engouffrent brutalement dans ses bourrelets.

Il a suffi d'une fois.

Elle revoit encore son voisin insupportable du deuxième retenir la porte juste avant qu'elle ne se referme. Elle avait dû se décaler sur le côté en rentrant le ventre tant bien que mal pour que les volets pliants coulissent sans dommage et que la cabine puisse entamer son ascension. À l'étage, comme elle s'était un peu relâchée, les battants cherchant à s'ouvrir lui avaient cogné les seins, s'étaient enfoncés dans son corps, lui pinçant la peau à travers le T-shirt, l'obligeant à coller son dos dans le fond de l'appareil et à inspirer très fort pour qu'ils puissent totalement se rabattre et laisser le voisin s'extirper de là. Depuis ce jour, elle ne prend l'ascenseur que lorsqu'elle est seule et qu'elle peut se tenir debout sans être agressée par la machine. Elle refuse de courir de nouveau le risque de se retrouver cramoisie de douleur et de honte devant son voisinage. Elle emprunte les escaliers, pour descendre ou pour monter. Une décision qui peut d'ailleurs passer pour de la bonne volonté sportive.

Elle quitte le monte-charge d'un pas vif. Bouton pour ouvrir la porte, traversée du hall, bouton numéro deux, clic métallique de la porte de l'immeuble, qu'elle tire avec vigueur, première à gauche, une dizaine de pas, elle rentre dans le magasin.

— Bonjour, je voudrais un éclair au chocolat, euh, non, plutôt un Paris-Brest, s'il vous plaît.

Elle a besoin de souffler. Après tout, elle n'a pas eu de gâteau d'anniversaire.

2

Pile à l'heure, c'est-à-dire vingt minutes d'avance sur l'horaire prévu. Lucie préfère toujours avoir de la marge, au cas où elle serait confrontée à des galères dans les transports. Elle a beau savoir qu'elle est loin d'être en retard, elle a quand même pressé le pas depuis la gare. On ne sait jamais. Le souffle court, elle lève le bras droit négligemment, se passe la main dans les cheveux, se grattouille le crâne un moment, penche la tête, esquisse un petit coup de nez furtif et innocent sous les aisselles, hum, ça va, ça ne sent pas trop mauvais. Grâce à cette technique bien rôdée, personne n'a pu remarquer qu'elle reniflait son dessous de bras. Avec ce T-shirt-là, dont les manches amples ne la serrent pas au creux axillaire, il y avait peu de risques qu'elle sue à grosses gouttes. Mais il fait chaud et le stress aurait pu faire tourner aigre sa transpiration.

« C'est juste une formalité », se répète-t-elle. Sauf que son corps ne l'écoute pas. Sa nuque est raide, en plus d'être en nage – c'est ça de porter les cheveux trop longs pour avoir le cou dégagé et trop courts pour les rassembler en queue-de-cheval –, ses épaules sont ramassées près de ses oreilles et elle ne peut s'empêcher de porter les doigts à sa bouche pour en arracher les petites peaux qui débordent autour de l'ongle. Elle regarde l'heure à son poignet gauche. Mieux vaut attendre au moins cinq minutes avant d'entrer. Bien sûr, elle a le droit d'arriver en avance, personne ne pourrait lui reprocher. Après tout, c'est un rendez-vous médical, il y aura une salle d'attente, c'est fait pour. Mais elle trouve que ça lui colle une étiquette de fille stressée.

Alors qu'elle s'apprête à tourner autour du pâté de maisons pour éviter de faire le pied de grue, elle se rend compte de l'existence du panneau métallique : *Entrez sans frapper*. Elle tend la main vers la poignée. Personne n'entendra qu'elle arrive aussi tôt, à moins qu'il y ait un petit ding dong automatique, comme dans les magasins. Elle inspire profondément, expire en douceur. Il n'y a pas de raison que la psy la classe dans les contre-indications juste parce qu'elle arrive en avance. Elle pousse la porte.

La salle d'attente est vide. L'ambiance est délicate, apaisante, avec une jolie musique en fond sonore, un mélange de classique et de zen. Lucie s'assied sur une chaise en plastique transparent après l'avoir longuement passée au crible : c'est du solide. Elle sort son portable de son sac, le met en mode silencieux. Elle reçoit rarement des tonnes de messages, mais peut-être que Jules se souviendra de la date de son rendez-vous et qu'il lui enverra des textos d'encouragement et de soutien ? Elle prend son paquet de mouchoirs, s'éponge le front. Sa poitrine aussi goutte, le soutien-gorge n'absorbe pas tout. Elle cherche les toilettes du regard et s'y dirige. On ne sait jamais, si un autre patient entrait… Hop, elle soulève son T-shirt et se tamponne rapidement entre les seins au creux du décolleté. Elle se sent déjà mieux. Elle retourne s'asseoir, plus calme, et se concentre sur la musique et sa respiration afin d'éviter un nouveau coup de suée. Le tapotement de ses doigts sur ses cuisses s'apaise. Plongée dans ses pensées, elle sursaute presque en entendant une voix aiguë et des pas raccompagner le patient précédent. C'est son tour. La psy se tient dans l'encadrement.

— Bonjour, lui dit-elle.

— Bonjour, le chirurgien m'a dit de venir, vous êtes dans le protocole. Pour les chirurgies de l'obésité… répond Lucie d'une traite, en jetant prestement son mouchoir dans son sac et ensuite son sac sur son épaule.

La psy acquiesce en souriant et lui tend la main. Lucie se rend compte qu'elle a les paumes moites. Trop tard. Elles se saluent d'une poigne ferme. D'habitude, elle déteste les personnes qui tendent une main mollassonne et font un petit mouvement de haut en bas, comme un chien pendulaire sur la plage arrière d'une voiture, sans jamais exercer de pression. Elle préfère les poignées énergiques. Là, cette vigueur l'inquiète sans qu'elle sache pourquoi. Et si c'était un signe de rigidité ? Et si la psy allait lui fermer la porte de la liberté bariatrique au cas où elle ne répondrait pas correctement à une question ? Plus le temps de s'appesantir sur ses angoisses. Elle suit les pas discrets sur le parquet du couloir jusque dans le cabinet.

La pièce est très claire, la moquette crème n'est ni rase ni trop épaisse, ce qui lui donne un côté duveteux, pas prétentieux. Un divan en velours bleu pastel, recouvert d'un plaid couleur beige, se situe en face de la porte, juste sur la gauche de la fenêtre. Lucie n'a pas du tout envie de s'y allonger. Trop intime ! Même dans son appartement, à cause du vis-à-vis, elle ne s'installe jamais dans son lit les rideaux ouverts. Sur le dos, elle s'abandonne, au sommeil plus souvent qu'à l'amour, c'est vrai, mais elle n'en est pas moins vulnérable. Un léger frisson la parcourt, comme si un stéthoscope venait de se coller glacialement à son dos. La psy s'installe dans un fauteuil et lui désigne le siège d'en face, sans accoudoirs celui-ci. Lucie est soulagée. Avec la petite table à côté, elle a l'impression d'un rendez-vous amical pour prendre le thé. Il faut dire que les meubles, rustiques, au bois lustré, renforcent cette impression de se trouver dans un boudoir coquet et pourtant sans fioritures.

— Racontez-moi ce qui vous amène.

— Je viens de vous le dire, répond-elle, interloquée.

Aurait-elle à se justifier de ne plus vouloir peser 90 kilos alors qu'elle ne fait que suivre le protocole ? Ce serait le comble.

— Enfin, vous voyez bien que je suis trop grosse !

— À part ça, qui êtes-vous ? Vous ne vous résumez pas à votre excès de poids. Vous faites quoi dans la vie ?

L'expression courroucée de Lucie n'a pas éteint le doux sourire psychanalytique. Si elle s'attendait à cette question ! La jeune femme s'essuie les mains sur sa jupe.

— Je suis prof. Là, ce sont les grandes vacances, donc je suis en vacances. Je viens juste d'avoir 25 ans.

Elle n'a aucune idée de ce qu'elle doit raconter. Alors elle enchaîne.

— On a fêté mon anniversaire chez mes parents le week-end dernier. Je leur ai dit que je voulais faire l'opération. Et, hum, ils ont été surpris. Enfin, ils n'ont pas compris. Ma mère m'a plus ou moins expliqué que je ferais mieux de tenir mes régimes jusqu'au bout. C'est tout elle, ça. À chaque fois que je viens dîner, elle ne met jamais de beurre dans les épinards. Au sens propre. J'ai droit à des plats *light*, point. Même pour mon anniversaire, c'était riz blanc et crème fraîche allégée. Je n'exagère pas. C'est son quotidien, franchement, elle mange comme un moineau. Au dessert, j'ai eu droit à des fruits avec du fromage blanc, allégé lui aussi. Pas de gâteau…

Elle baisse d'un ton, comme si elle se parlait à elle-même.

— Pas de bougies non plus, forcément.

Elle lève les yeux, lit la bienveillance dans le regard de cette inconnue qui lui fait face.

— Mon père, lui, m'a dit que les hommes aimaient les rondeurs et qu'il fallait surtout que je fasse du sport pour me muscler. Je pense que c'est lui qui a eu l'idée du cadeau. Ils m'ont offert un vélo d'appartement. Ils sont tellement à côté de la plaque.

Comment expliquer ? J'avais l'impression d'être face à un mur, que personne n'entendait ce que je disais. C'est une expression convenue, mais c'est vraiment ce que j'ai ressenti. On aurait dit des comédiens qui récitent leur texte sans réaliser qu'ils se trompent de pièce et que les répliques, les miennes, n'ont aucun rapport avec les leurs. En gros, quoi que je raconte, ma mère répond « régime » et mon père « activité physique ». Ça a un côté comique… Tragi-comique pour être exacte.

Sa voix grelotte. Elle n'est pas loin de pleurer. Le seul mouchoir accessible dans son sac est encore humide de sueur. Le paquet est tout au fond, elle va devoir fouiller. Ah tiens, il y a une boîte de mouchoirs posée sur la table basse. Elle n'est donc pas la seule à s'épancher et accompagner ses mots de goutte à goutte le long du nez. Elle n'hésite plus. Lucie n'est pas du genre à renifler. Le mince tissu de cellulose est doux. Elle le glisse au coin de ses yeux puis se mouche délicatement. Un court silence traverse la pièce.

— Je ne m'imaginais pas que ça m'avait autant touchée… C'est ridicule, ils ne sont pas méchants. Pareil pour mes grands-parents paternels, qui ont participé au cadeau, eux aussi. Rien à voir avec ma grand-mère maternelle, qui ne m'a pas appelée le jour J, mais deux jours après pour me traiter de petite-fille ingrate et malpolie car je ne les avais pas remerciés, elle et mon grand-père, pour leur chèque. Alors que je ne l'avais pas encore reçu… Non, vraiment, mes parents sont gentils. Ils ne cherchent pas à faire mal.

— Non, bien sûr, ils ne sont pas méchants, poursuit la psy avec douceur. Mais qu'est-ce que vous avez ressenti ? lui demande-t-elle en observant ses mains se tortiller et triturer le mouchoir. Je vois que vous avez les larmes aux yeux. Dites-moi ce qui fait que vous êtes émue.

— Je ne sais pas, non, vraiment, je n'en sais rien.

Elle se mouche de nouveau et avoue, en levant ses yeux embués :

— Je ne me suis jamais posé la question.

— Peut-être que c'est dommage.

La psy s'interrompt. Alors que Lucie craignait par-dessus tout de devoir être confrontée, allongée sur le divan, à un corps médical muet, elle n'est pas gênée par ce silence-là. Parce qu'il est synonyme d'une attente de réponse, d'une écoute accueillante. Elle peut se faire entendre. Le problème, c'est qu'elle ne sait pas davantage quoi dire, sûrement par manque d'habitude.

— Si c'est dommage ? Je ne sais pas... Franchement, je n'en suis pas si sûre. Si je devais me demander à chaque fois pourquoi telle phrase me touche ou me blesse, ça deviendrait vite envahissant. Un coup à se prendre la tête pour tout, tout le temps. Ma mère ne veut pas comprendre, elle pense que la solution est de faire un régime. Pour elle, je n'ai pas encore trouvé le « bon ». Elle ne se rend pas compte du nombre de fois où j'ai essayé. Parce que j'ai essayé ! J'ai bien dû faire tous les régimes du monde... Ça MAR-CHE pas. Mais, comme tout le monde, elle doit penser que c'est de ma faute, que je ne suis pas assez résolue, que je manque de volonté, quoi. C'est impossible de la détromper. Elle pense détenir la recette magique pour rester mince. Et c'est vrai qu'elle est super mince : même avec la ménopause, elle doit faire du 34. Après avoir eu deux enfants en plus, c'est dingue. D'ailleurs, quand elle était enceinte, j'ai vu les photos, elle devait peser moins que moi. On n'a clairement pas le même métabolisme, pas le même vécu, et donc pas la même lecture des événements. Je ne vais pas la changer, surtout pas à son âge. Pareil pour mon père. Ça ne lui suffit pas d'avoir les muscles de Jules sous les yeux – Jules, c'est mon frère cadet, et il fait beaucoup beaucoup de sport. Le rêve de mon père, c'est de nous embarquer courir ensemble le week-end. Ou de faire une rando familiale à vélo. Ils sont comme ça. Ma mère est mince, mon père est sportif. Ils ne peuvent pas capter ce que je vis. Alors me demander pourquoi ça me touche, sachant que je ne peux rien y faire, rien y changer et qu'ils auront toujours une autre vision de la vie, ça revient à vouloir se regarder le nombril. Et, au fond, à me morfondre, à stagner. Je préfère éviter de me prendre la tête pour pas grand-chose et avancer de mon côté, toute seule.

Lucie se tait un instant, gênée.

— Je ne voulais pas vous manquer de respect, je suis désolée. Je ne dis pas que ça ne sert à rien les psys.

En face, la psy n'a pas l'air offusqué. Lucile reprend :

— C'est juste que je n'ai jamais fonctionné comme ça. Je me suis toujours dit qu'il fallait faire avec ce qu'on avait et s'adapter.

Un petit rire glougloutant sort spontanément de sa cage thoracique.

— Au fond, c'est insensé. Je n'y avais pas réfléchi, mais, si je suis là, c'est justement parce que je ne veux pas faire avec ce que j'ai, ce gras, tous ces bourrelets, ce ventre mou, ces énormes seins qui tombent.

Son cerveau bouillonne, le débit de ses paroles s'accélère.

— Je ne veux plus devoir m'adapter. Je veux pouvoir trouver des fringues dans un magasin. Je veux que la caissière arrête de me regarder avec un air « t'as que c'que tu mérites » quand j'achète une tablette de chocolat. Je veux rencontrer un homme qui envisage une vraie relation et qui m'aime en entier : j'en ai marre de ceux qui seraient avec moi « faute de mieux » ou parce que les transports de l'intellect leur suffisent, j'ai 25 ans, je ne veux pas d'une relation platonique. Mais je ne veux pas non plus de ceux qui me disent que je suis très belle « comme ça » et qu'ils adorent mes formes. Le sous-texte : je suis hors normes, mon corps est juste bon pour les fétichistes, que ce soit moi ou une autre grosse, ils s'en fichent. Je n'en peux plus ! Je veux juste être normale.

Elle est à bout de souffle. La psy ne dit toujours rien. Lucie reprend sur le ton de l'aveu :

— En rentrant, hier soir, comme pour me venger, je suis allée m'acheter un gâteau à la boulangerie tellement je m'étais sentie privée ! J'en voulais un, comme tout le monde. C'est vrai, quand c'est l'anniversaire des autres, il y a toujours un gâteau, des jolies bougies, les classiques, mais aussi celles qui crépitent comme un feu d'artifice. Moi, jamais. Ça me fait me sentir spéciale, mais pas dans le bon sens du terme. C'est blessant. Peut-être que je suis un peu jalouse aussi de mon frère ? Il a un corps magnifique, musclé. Y a pas à dire, il est vraiment beau gosse.

Tout s'embrouille dans sa tête. Elle hoquète et s'effondre en sanglots silencieux avant de s'exclamer :

— Je dois vous paraître complètement dingue…

— Pas du tout.

— Ah bon ? Je ris et je pleure en même temps, et ça vous semble normal ?

Sur les cuisses de Lucie, le nombre de petites boules de mouchoirs détrempés qui ont servi à sécher ses larmes et à étancher le filet de morve aqueux qui lui coule du nez a augmenté. Elle a le bout des doigts humectés à force de les y déposer une fois qu'ils sont hors d'usage.

— C'est bizarre, c'est lourd ce que je viens de vous dire et, pourtant, je me sens légère.

— C'est que c'est compliqué dans le fond, n'est-ce pas ? On va en reparler rapidement, si ça vous va.

Par automatisme, Lucie fouille dans son sac, en sort son agenda, en même temps que son chéquier.

— La semaine prochaine à la même heure, c'est possible ?

— Euh, non, vendredi, c'est la pré-rentrée.

— Alors le samedi matin, le 2 septembre ? Dix heures et demie ?

Quand elle décapuchonne son stylo pour inscrire le rendez-vous dans son petit carnet en cuir, Lucie est saisie d'un tiraillement d'estomac.

— Vous avez l'air d'être déçue ?

— Je, je… En fait, j'pensais que vous chercheriez si… J'imaginais que vous signeriez le papier.

— Ce serait bien de creuser un peu plus ce qui vous a chamboulée aujourd'hui, non ? questionne la psy de sa petite voix sucrée qui tintinnabule. Vous avez envie que ces émotions reviennent vous secouer après l'opération ? Qu'en dites-vous ?

Pour toute réponse, Lucie hoche la tête et marque « RDV psy » de son écriture appliquée en lettres rondes et déliées dans son calepin. Elle remplit dans la foulée le chèque, la seule signature de la journée. Elles se lèvent de concert sans rien ajouter et la psy la raccompagne à pas feutrés. Elles se saluent d'une poignée de main aussi vigoureuse qu'une demi-heure plus tôt.

— À la semaine prochaine.

Au moment où Lucie lui tourne le dos et entend la porte se refermer derrière elle, le regret l'envahit. Elle l'énerve celle-là, avec sa gentille voix et son sourire mielleux. Pourquoi a-t-elle accepté de la revoir ? La fatigue aussi s'empare d'elle. Elle est épuisée, elle voudrait se mettre au lit aussitôt arrivée chez elle. À ceci près qu'elle n'a pas envie d'un remontant sucré comme d'habitude après une crise de larmes. Tiens, c'est donc efficace, ces séances ? Elle ne sait plus trop où elle en est, elle est tout aussi perdue, mais elle sent confusément une pointe de légèreté la gagner. Elle a moins peur. Elle aurait presque hâte d'être la semaine prochaine !

3

Plutôt que d'attendre vingt minutes le bus pour rentrer à Plaisir, Lucie décide de marcher. La vue n'est pas merveilleuse, rien d'autre à regarder que du goudron sous ses pieds, des structures en béton à ses côtés. Et ce ne sont pas les quelques arbres qui sortent de terre en cage qui vont réussir à l'extraire de ce banal panorama urbain. Peu importe. Ce n'est pas pour contempler le paysage qu'elle use de ses gambettes. Elle a besoin de se recentrer, de se promener pour remettre ses idées en place.

Cela fait longtemps qu'elle n'a pas autant foulé l'asphalte. D'ordinaire, elle privilégie le bus : pas toujours facile de s'y dégoter une place, les fauteuils sont étroits, les accoudoirs une torture mais, au moins, ça lui évite d'être essoufflée, de transpirer à grosses gouttes. Et puis, marcher en ville, d'habitude, ce n'est pas son truc : elle est gênée quand le trottoir devient trop étroit pour circuler dans les deux sens et qu'elle voit bien qu'elle ne parvient pas à faire de la place. Mais, aujourd'hui, c'est la fin de l'été, il fait bon et elle se surprend à déambuler avec plaisir, comme une touriste dans sa ville.

Elle fait fi des regards parfois interloqués qui se posent sur elle. À moins qu'elle exagère ? Qu'en réalité personne ne la scrute ? Et quand bien même… Elle décide que ces coups d'œil, même s'ils la visent, sont davantage dus au large sourire qu'elle arbore qu'à sa généreuse corpulence. Son corps profite de la douceur de l'air. Pour une fois, il n'est pas qu'une matière à dissimuler sous les vêtements ou à dompter sur la balance ! Ses petits talons qui allongent les jambes et affinent la silhouette claquent au sol, des pensées surgissent au rythme de ses foulées ; elle prend davantage le temps de s'écouter qu'accrochée à la barre du bus, coincée entre un cabas à roulettes et une poussette.

Ce rendez-vous ne ressemblait tellement pas à ce qu'elle s'était imaginé. Quelle mouche l'a piquée pour vider son sac dès cette première séance ? Elle s'attendait à une session plus concrète, où les questions fusent, abruptes et directes, en relation avec son IMC : « Pourquoi voulez-vous maigrir ? » Elle craignait, parce qu'elle n'avait pu préparer ses répliques à fond comme pour le concours du Capes, de répondre de travers. Elle stressait de sortir du cadre encore une fois. Et pas uniquement en raison de ses 90 kilos. Même prof, elle veut rester bonne élève. Première de la classe, elle qui a toujours aimé apprendre ne se voyait pas d'autre avenir, pas d'autre trajectoire possible. Son chemin était tout tracé. Devenir prof, c'était aussi s'inscrire dans la lignée familiale, ancrer ses pas dans ceux de cet aïeul de la famille de sa mère, dont le portrait domine dans l'escalier de la maison des Pyrénées, prendre la succession de cet instituteur et maire de son village, notable dans tous les sens du terme. Si seulement elle avait pu également hériter de la confiance intérieure qu'il arborait aussi fièrement que ses grosses moustaches.

Sans qu'elle l'ait programmé, ses pas l'ont menée tout près de la galerie commerçante de Plaisir. Pour mettre fin à ses pensées intérieures, elle se décide pour un détour rapide par le supermarché du centre commercial. Quelques emplettes pour le dîner. Non pas qu'elle ait besoin de se requinquer, non, non. Juste de quoi remplir son frigo. Elle a tendance à faire des petites courses, plusieurs fois par semaine, histoire de ne pas surcharger sa cuisine de denrées gourmandes et bien trop tentantes. Déjà, en corrigeant les devoirs de ses élèves avec minutie, elle finit toujours par poser sur son bureau un gros mug de chocolat chaud, sucré, épais, roboratif. De quoi se donner des forces. Et puis ça évite que la fin du paquet de copies doubles dégage un arrière-goût d'amertume, que les remarques appliquées dans la marge au stylo rouge vif ne deviennent trop aigres au fur et à mesure : aucune raison que les notes de ceux dont les travaux se sont retrouvés en bas de la pile descendent au même rythme que le liquide cacaoté, puisqu'elle peut toujours se resservir.

Mais si, par malheur, elle achète des gâteaux, des madeleines délicieusement beurrées qui se grignotent par deux au moins, ou des cookies au cœur moelleux mi-cuit et aux pépites fondantes sous le palais, elle aura du mal à résister, elle le sait… Tout le monde le sait ! Si la tentation est à la portée de la main, cachée aux yeux de tous dans l'un des placards de la cuisine, l'argument « Je vais avoir les doigts gras, ça va tacher les copies » ne tiendra pas longtemps. Même au beau milieu de l'été, loin des corrections et des cours à préparer, lorsqu'elle n'a pas grand-chose de prévu, nulle part où aller, il lui arrive d'enchaîner les épisodes d'une série la tenant en haleine au point que le temps passe et que son estomac gargouille ; alors elle met sur pause, ramène un paquet et a vite fait de piocher dedans sans relâche, sans prendre garde au moment où la faim cesse de la tirailler.

L'hiver, il lui arrive de passer de longues journées entre les murs de son mignon deux-pièces. Dans son petit canapé deux places, à l'assise rendue moins rigide par les jolis coussins rebondis qu'elle a placés contre les appuie-bras, elle lit des romans *in english* et, son dictionnaire posé non loin sur la table basse, note avec soin dans un cahier grands carreaux toutes les tournures et le vocabulaire qu'elle n'a pas appris dans son cursus, les variantes entre le *british* et l'*american english*, les expressions d'argot qui, traduites littéralement, l'amusent mais se laissent difficilement décrypter, même à l'aide du contexte… C'est fastidieux, il lui arrive de relever des termes toutes les deux pages. Alors, avec une petite bouchée gourmande, ça passe mieux.

Elle a remarqué qu'elle s'ennuie moins quand elle mâche ou attend que le morceau chaud de brioche tressée bien replet, qu'elle a, à sa sortie du grille-pain, enduit d'une couche de beurre demi-sel puis de miel, réduise entre sa langue et son palais. Ça édulcore sa lecture. Parfois, elle a juste le moral à zéro : une journée éreintante au collège, un coup de téléphone désagréable, des regards méprisants, des remarques insultantes dans la rue. Alors elle s'offre des blinis tartinés de tarama ou de houmous, qui lui permettent de patienter jusqu'au dîner.

Ce ne sont vraiment pas les raisons qui manquent pour réveiller ses papilles gustatives. Oui, elle se connaît, il vaut mieux qu'elle n'achète pas de quoi tenir un siège. Elle multiplie donc les allées et venues en grande surface. L'avantage, aussi, c'est que son sac de courses pèse moins lourd et qu'elle n'est pas lessivée en arrivant dans son appartement, la main cisaillée par les poignées, les bouts des doigts gourds, des mèches de cheveux collées dans la nuque.

L'entrée du magasin n'est plus loin. Elle marche en essayant d'ignorer le décor environnant, le bruit assourdissant, les enfants tonitruants sur des manèges clignotants, les files de passants en quête d'une crêpe au fumet sirupeux ou d'une boule de glace avec cuillère en bois plantée dans le petit pot en carton, les caddies déjà remplis de fournitures scolaires, cahiers A4, classeurs, pochettes plastifiées, trousses, stylos à bille et surligneurs fluo… Elle approche d'une boutique de fringues. Dans la vitrine se dresse comme un défi une jolie robe bleu électrique en tissu gaufré, petites manches bouffantes, décolleté en V, taille fuselée, jupon évasé. La tenue est à la fois élégante et dynamique, avec une pointe d'insolence. Elle se prend à rêver : « Bientôt mon tour. »

Avec 30 kilos en moins, elle aussi pourra rentrer dans ce magasin sans subir les coups d'œil désobligeants des vendeuses ni les « Ah, désolée, mademoiselle, on ne fait pas les grandes tailles » prononcés sur un ton sec, entre pitié et mépris. Elle aussi pourra se faufiler dans les cabines d'essayage avec un tas d'habits sur les bras. Elle n'y évitera plus de se regarder dans le miroir ni n'implorera une force supérieure pour que ça lui aille : elle aura toujours la possibilité de demander la taille au-dessus d'un « S'il vous plaît, madame, est-ce que vous pouvez aller me chercher le 42 ? » Et les vêtements qu'elle rendra, ce ne sera pas qu'elle ne rentre pas dedans, que son mollet coince dans ce qui est censé accueillir une cuisse, non, c'est juste qu'ils ne lui plairont pas. Parce qu'elle aura fait un choix et non pas parce que la coupe aura décidé pour elle. Elle s'imagine déjà dans cette robe craquante à souhait. Oui, sous peu, elle reviendra l'acheter, elle qui ose rarement la couleur, de peur d'attirer davantage l'attention sur son corps et ses renflements.

Mais le rêve de Lucie se brise en vol. D'un coup. Un jeu de lumière, et son reflet se superpose à la robe bleu électrique. Évidemment, l'image ne colle pas : elle déborde. Ses hanches sont bien trop larges, épaisses, et la culotte de cheval n'arrange rien. Pas d'interstice entre ses cuisses, bourrées de cellulite. Pas de taille de guêpe non plus. Ses yeux se mouillent. « Et, en plus, ça se voit. Ils doivent tous me prendre pour la grosse fille pathétique qui bave d'envie devant des sapes qui ne sont pas pour elle », se fustige-t-elle *in petto*. Elle aimerait bien que ses émotions et son mental restent cachés au tout-venant. Sauf que, là aussi, ça a tendance à déborder, sans qu'elle ait prise.

Le constat l'accable : eh non, les robes de conte de fées, ce n'est pas pour elle, pas tout de suite. Il va falloir attendre avant d'entrer sans la peur au ventre dans une boutique de fringues, de parcourir les rayons sans chercher l'étiquette XL ou les habits les plus amples, destinés à cacher autant que possible ses bourrelets et à faire oublier son absence de taille marquée. L'insouciance du shopping, la légèreté vestimentaire, l'allégresse de se diriger avec une énorme pile de vêtements vers la cabine d'essayage sans que sa silhouette soit jaugée par les vendeuses et les clientes, eh bien, non, pour cela, elle devra patienter. Surtout avec cette fichue psychanalyste qui ne lui a rien signé.

Le processus prend déjà assez de temps, l'opération, la perte de poids, la stabilisation… Et il a fallu qu'elle se laisse endormir par sa voix douceâtre. Comme Mowgli devant le python Kaa : « Aie confiance, crois en moi. » C'est en substance ce que cette femme lui a susurré. Et, encore une fois, Lucie est restée passive, n'a pas osé s'affirmer et réclamer la signature de son bout de papier. Ça l'exaspère, cette impression d'avoir été faible. Elle se détache de la vitrine, sans un regard pour la petite robe bleue. Direction les entrailles du supermarché. C'est pour ça qu'elle est venue. L'opération shopping, ce sera dans un avenir lointain – trop lointain.

Elle pousse avec rudesse les barrières en acier fléchées de l'entrée et saisit un panier roulant sur sa gauche, le premier à sa portée. Elle le traîne derrière elle, presque de force. Il couine et une des roues tressaute. Forcément. C'est bien sa veine. Comme si ça ne suffisait pas à ses tourments. Elle se calme en imaginant le bon repas qu'elle va se concocter en rentrant. Vu la tournure de la journée, elle a besoin d'un vrai remontant, un plat qui la cale et la réchauffe. Des pâtes. À la bolognaise. Une grosse plâtrée. Elle visualise déjà l'assiette fumante et ses petites boulettes de viande au cœur rosi. Elle ne peut s'empêcher de culpabiliser et tente de se rassurer vite en se disant qu'un plat fait maison est toujours moins gras et moins sucré qu'une assiette nappée de sauce industrielle prête à l'emploi. L'oignon sera fondant, la carotte moelleuse, la tomate suave et l'ensemble fusionnera sous son palais, délicieux raffinement.

À force de faire ses courses tous les deux-trois jours, elle connaît les rayons par cœur. Par ici les légumes, par ici la viande sous vide, par ici le blé dur en forme de longue ficelle. Elle enroulera les spaghettis lentement, sans à-coups, autour de sa fourchette. Officiellement, pour lui éviter de se tacher et de manger comme une cochonne ; en réalité, pour s'obliger à ne pas les engouffrer trop vite, en mode glouton. Pour le dessert, son choix est fait. Il lui reste des yaourts à la grecque dans son frigo. Cela coûte moins cher d'acheter en gros que par pots de deux. Elle y mettra une cuillerée de miel liquide. Voilà, son menu est composé. Lucie est soulagée, les légumes lui donnent bonne conscience et lui éviteront les regards culpabilisateurs des autres clients et de la caissière quand elle déposera ses courses sur le tapis roulant.

Dans la file, son portable vibre. C'est un texto de Jules qui lui demande comment s'est passé le rendez-vous. Ces quelques mots écrits à la va-vite lui réchauffent le cœur. Ils s'entendent toujours bien mais leur complicité fraternelle a pris une tournure un peu superficielle, comme un écho affadi de leur enfance. Déjà, parce qu'ils n'ont plus grand-chose en commun : elle a fait de longues études et décroché son Capes du premier coup, dans la lignée de ses classements en tête tout du long de sa scolarité. Même après avoir sauté une classe, elle avait obtenu la mention Très Bien au bac. Lui, après un redoublement, avait voulu arrêter l'école à 16 ans, poursuivi sa scolarité sous la pression parentale et tout de même réussi son bac de justesse, sans rattrapage, ce qui avait occasionné la joie de toute la maisonnée et donné lieu à une virée festive au restaurant. Champagne pour tout le monde !

Mais leurs retrouvailles ont depuis un moment quelque chose de factice : rarement spontanées, toujours organisées. Ils se voient peu en dehors du domicile parental et se retrouvent surtout pour les anniversaires des uns et des autres, Noël, parfois la fête des Mères. Surtout, outre la divergence de leurs parcours, ils ne sont pas si proches, au point qu'elle a la sensation, parfois, qu'ils n'ont de frère et sœur que le nom. Elle a conscience d'exagérer : la distance géographique a probablement accentué l'éloignement qu'elle ressent. Jules est un peu insaisissable, toujours à droite et à gauche. Son bac en poche, il a enchaîné les saisons : mono de voile l'été, de ski l'hiver, en profitant, économie de loyer oblige, du chalet pyrénéen des grands-parents maternels, dont il a toujours été le préféré. Elle a suivi ses pérégrinations sur Facebook. Depuis quelques mois, pourtant, il est à Paris.

Son retour dans la capitale au printemps avait été suivi d'un déjeuner dominical. Il n'avait toutefois pas raconté ce qui l'avait amené à quitter la poudreuse et les embruns.

Lucie avait cru comprendre, en sous-texte, que c'était une histoire d'amour qui l'avait ramené à Paris. Les parents s'étaient réjouis que son train de vie se stabilise. Serge avait juste dit : « Alors, quand est-ce que tu nous la présentes ? Elle doit être canon pour te faire revenir dans le coin. » Jules avait évité de répondre. Lucie avait bien vu qu'il était gêné. C'était tout leur père, ça. Une fois, en Terminale, elle avait dormi chez son premier petit copain sérieux. Ils étaient rentrés à l'heure du déjeuner, les yeux cernés, la fatigue sur leur visage. Sortis en boîte pour fêter la fin du bac blanc, ils s'étaient couchés tard, avaient peu dormi. Serge n'avait rien trouvé de mieux que de s'écrier, l'œil rieur : « Eh beh alors, il y en a qui s'en sont donné à cœur joie cette nuit ! » Il y avait mieux pour susciter la confidence.

Résultat : quand Jules s'était installé en région parisienne, ils avaient parlé de tout et de rien, sans aborder l'essentiel. Parce que l'essentiel était le retour du fils prodigue. De toute façon, avec eux, se rend compte Lucie, on ne discute jamais sérieusement. Son annonce de la semaine précédente était presque une première. Le texto de Jules aussi d'ailleurs : pour une fois, il ne lui envoie pas une photo de catamaran ni sa nouvelle paire de skis par MMS. Il lui pose une question, s'intéresse à ce qui compte pour elle.

Lucie remet presto son portable dans son sac. Pas le temps de répondre, c'est à son tour de disposer ses achats sur le tapis roulant. Et, contrairement à ce qu'elle pensait, à être passée en revue au même titre que ses choix alimentaires. La caissière lui jette un coup d'œil puis regarde étrangement sa barquette de viande hachée. Instinctivement, Lucie baisse les yeux, comme pour se protéger. Il faut dire qu'elle a pris la portion familiale, pas l'individuelle. Elle aurait presque envie de se justifier, d'expliquer qu'elle en congèlera une partie. Et puis, avec son salaire de prof, elle doit faire attention : le prix au kilo est plus élevé quand on ne prend pas le grand format. Pourquoi faut-il qu'elle ait toujours cette impression d'être notée… mal notée ? Quoi qu'elle fasse, ça n'ira jamais.

Le chemin entre le centre commercial et chez elle n'est pas long. Quelques centaines de mètres seulement. Elle hâte le pas. Vivement que ce soit l'oignon qui la fasse pleurer plutôt que le haussement de sourcils de la caissière quand elle a bipé le paquet de viande. C'est vrai qu'il paraissait énorme placé à côté des deux tomates, de l'oignon solitaire et de la pauvre carotte. Comme si c'était inscrit sur son front, à son corps défendant, qu'elle est célibataire ! Comme si elle n'avait pas le droit à l'amour ou tout simplement de partager un repas à plusieurs ! Parfois, elle a l'impression de devenir parano, de se faire des films. Oui, vivement que ce soit les légumes qui mijotent au fond de la casserole et l'eau qui bouille plutôt qu'elle.

Quand elle glisse la clef dans la serrure, elle entend la porte d'à côté s'ouvrir. Elle tourne la tête, un léger sourire poli déjà affiché sur le visage, prête à saluer ses voisins, un jeune couple bien propre sur lui, pas bavard, un peu éteint. Ils n'ont jamais rien échangé d'autre que « Bonjour », « Bonsoir » ou « Bonne journée ». Mais ce n'est pas Monsieur et Madame Quelconque, comme elle les appelle, qui sortent de l'appartement adjacent. C'est un homme de leur âge, autour de la trentaine, mais qui, à part ça, ne leur ressemble en rien. Il lui adresse un sourire éclatant.

Lucie est éblouie. Les yeux noirs de l'inconnu pétillent en la regardant. Sa peau brune, lumineuse, est recouverte d'une barbe de trois jours qui masque à peine une légère fossette au menton.

— Bonjour, bégaie-t-elle, surprise.

Troublée, elle détourne la tête et continue de s'affairer avec la serrure. Elle a à peine le temps de se dire que les Quelconque ont dû sous-louer pendant l'été que l'homme s'adresse à elle, sourire persistant aux commissures des lèvres.

— Super que je vous rencontre. J'en profite, je sortais pour afficher un mot dans l'entrée et dans l'ascenseur pour signaler que je pends ma crémaillère ce soir. Je préviens un peu tard, j'en ai conscience, c'est juste que tout s'est organisé à la dernière minute. Donc, comme on se croise, autant que je vous le dise de vive voix. Il n'y aura pas tant de bruit que ça, pas d'inquiétude, mes invités sont civilisés, mais il ne faudra pas s'étonner de voir de nouveaux arrivants dans les escaliers ni d'entendre des allées et venues.

— D'accord, acquiesce Lucie, éberluée et fascinée par le visage de son nouveau voisin de palier.

— D'ailleurs, il me manque un peu de coriandre. Est-ce que par hasard vous en auriez ?

— Euh, oui, je pense.

Lucie pousse sa porte, pose son sac rapidement dans l'entrée, au milieu du passage, et entre dans la cuisine. Elle fouille dans son congélateur. Oui, elle a bien une boîte de coriandre surgelée. Le beau mec est resté sur le palier. Il a vue sur son salon.

— Super, ce vélo, j'en ai entendu que des bons échos. Par contre, ce n'est pas toujours évident à monter. C'est même plutôt galère, ajoute-t-il d'un ton guilleret. Tu voudras de l'aide ?

— C'est gentil de proposer, pourquoi pas. Voilà la coriandre.

— Génial, merci beaucoup. Si tu n'as rien de prévu ce soir, n'hésite pas à passer, c'est quand même plus sympa que de subir le bruit à travers les murs. Et, surtout, ce sera l'occasion de faire connaissance.

— Ça tombe bien, je n'ai rien ce soir, s'entend bredouiller Lucie. Je ferai volontiers un tour. Merci ! Vers quelle heure ?

— J'ai dit 19 heures à mes potes. Le temps que les gens soient en retard, disons 20 heures. Sinon tu vas te retrouver à devoir m'aider en cuisine. Allez, merci pour la coriandre et à tout', glisse-t-il en filant chez lui.

— À tout à l'heure alors.

Lucie referme sa porte avec allégresse. Elle n'en revient pas ! Décidément, ce n'est pas une journée ordinaire. Entre la psy qui n'a rien signé et avec laquelle elle a pris un nouveau rendez-vous pour la semaine prochaine, ses jambes fourbues de ne pas avoir pris le bus, son frère qui s'est préoccupé de son sort et ce voisin incroyablement charmant qui s'est mis à la tutoyer en moins de deux et dont elle a accepté la proposition de soirée sans réfléchir, ça en fait du chamboulement. Elle s'affale sur son canapé pour se remettre de ses émotions. Les victuailles traînent toujours dans le sac au beau milieu de l'entrée. Aïe, au lieu de préparer son dîner, elle va devoir se préparer, elle.

— Quelle angoisse ! Mais qu'est-ce que je vais bien pouvoir me mettre ? prononce-t-elle à voix haute.

4

Voilà, c'est rangé : l'oignon dans le garde-manger, les pâtes non loin, les tomates, la carotte et la barquette de viande au frigo. D'un pas décidé, Lucie se dirige vers sa chambre. Elle ouvre en grand les portes de son armoire et reste interdite. Pfiou, elle n'a aucune idée de comment s'habiller. Elle est à présent vidée de toute énergie et n'a plus envie d'y aller. Du tout. Qu'est-ce qui lui a pris de répondre qu'elle n'avait rien de prévu ce soir ? Tout ça à cause de son sourire charmeur… La petite fossette de son voisin de palier a décoché en elle une affection instantanée. Séduite et prise de court, la voilà dans de beaux draps.

Mais qu'aurait-elle pu trouver comme excuse ? Elle n'allait pas mentir, il aurait bien vu la lumière de son salon se refléter dans les fenêtres de l'immeuble d'en face. Quelle gêne ! Elle s'autoconvainc : « Allez, ça va être sympa, arrête de tout voir en noir. Avoue-le, t'es hyper contente de pouvoir connaître ce mec ! » C'est quand même plus alléchant comme programme que d'échanger de banales politesses avec les Quelconque. De toute façon, elle a accepté et n'est pas du genre à se dédire.

Bon, c'est très bien tout cela, mais elle ne sait toujours pas quelle tenue choisir. Elle pourrait garder ses fringues, c'est vrai, d'autant qu'elle se sent bien dans son T-shirt extra large. Non, non, ça ne va pas : aller chez la psy et à une soirée, ce n'est pas pareil. Et c'est aussi l'occasion de se faire belle. Va pour changer de vêtements mais lesquels ? Il ne faudrait pas être trop habillée alors que tout le monde vient en jean et baskets. Elle ne meurt pas d'envie d'être cataloguée davantage. Qu'est-ce qui l'aidera à se fondre dans la masse ? C'est compliqué, elle ne connaît pas ce gars. Si, au moins, elle avait prêté attention à la manière dont il était habillé. Mais non, elle a été happée par son visage et ses yeux si rieurs.

« Bon, habille-toi correctement. » Correctement, ça, elle a dans son placard. Pour faire cours et incarner l'autorité, elle possède des tas de pantalons et de T-shirts noirs. Elle porte rarement de chemise : il y a toujours le risque que, de profil, ce type de haut laisse entrapercevoir sa poitrine et son soutien-gorge aux airs orthopédiques. Voire, pire, que le bouton saute. Le noir, elle n'a pas le choix : elle n'est pas beaucoup plus vieille que ses élèves et il vaut mieux éviter toute manifestation de fragilité face à eux. Le noir, ça fait sérieux et, de plus, mincit. Mais de quoi aura-t-elle l'air ce soir si elle enfile l'uniforme professoral ? D'une nana trop stricte, en deuil, pas le genre de fille que l'on a envie d'approcher parce qu'elle paraît sympa et sociable.

C'est sûr, si son style vestimentaire crée un fossé supplémentaire entre elle et les autres convives, ils vont la remiser dans un coin. Déjà qu'elle ne connaît personne… Elle voit la scène d'ici : elle, à part, isolée, assise sur un coin de canapé. Les gens seront polis mais préféreront aller saluer leurs connaissances, bière dans une main et miettes de chips dans l'autre. Elle imagine déjà les discussions : « Oh là là, ça fait un bail qu'on s'est pas vus » ; « T'es resté longtemps avant-hier au pot ? »

Veto sur le noir donc. Seul hic : sa penderie ne contient pas grand-chose de coloré, quelques vêtements pastel, rien de vif, encore moins de flashy. Elle n'a jamais osé se vêtir de façon chatoyante. Elle est à la fois trop et pas assez forte pour cela : son embonpoint attire déjà les regards, nul besoin d'insister avec des couleurs vives. Lucie fouine derechef dans son placard. Elle est à la recherche d'une tenue *casual*, pour ne pas détonner.

Réussir à faire oublier son gabarit et ainsi mettre toutes les chances de son côté pour être une invitée comme les autres. « Ce gras m'a plu, euh, n'importe quoi, ce gars m'a plu », se reprend-elle, gênée par son lapsus.

Elle doit bien posséder des fringues qui la mettent en valeur en soulignant ce qu'il y a de joli chez elle. Elle met la main sur un ravissant haut évasé, grommelle. Elle n'est pas fan de ses seins, en regarde souvent les vergetures avec désespoir. Ils ont beau être opulents, ils tombent. C'est quand même ce qu'il y a de plus « potable » chez elle et, avec un soutien-gorge bien adapté, sa poitrine a l'air ronde et ferme juste comme il faut. Il y a même des filles qui lui ont dit parfois combien elles étaient envieuses de ses seins. Bingo !

Quoique… Mettre un décolleté, c'est aussi vouloir montrer, exhiber une gorge qui se veut attirante : il ne faudrait pas non plus que le voisin et ses copains n'aient que ça à lorgner. Ça a vraiment le don de l'énerver quand les regards glissent puis s'égarent dans la fente de ses seins. Ça lui rappelle ce mec avec qui elle était sortie quelques mois en licence. Avec lui, elle avait constamment l'impression d'être à un rendez-vous chez le gynécologue tellement il passait son temps à lui palper la poitrine. Porter un T-shirt échancré en sa présence, c'était s'assurer une discussion écourtée et une relation sexuelle pas beaucoup plus longue, d'ailleurs. C'est dans les yeux qu'elle aimerait qu'on la regarde, pour avoir l'impression d'exister en dehors de son corps et de ces deux attributs plantureux que les hommes sexualisent sans gêne.

Quelle prise de tête ! Lucie balance le haut sur son lit, irritée. Elle farfouille de nouveau fébrilement dans sa garde-robe, en sort une pile de tuniques moins décolletées et repassées avec soin. D'où ces habits sortent-ils ? Elle avait oublié qu'elle en avait autant. Certains ne sont pas si mal. Elle les dépose en tas bien ordonnés à côté du petit haut, tout froissé d'énervement.

Avant de se déshabiller, elle tire vite fait les rideaux. Balance le T-shirt et sa jupe longue ras des chevilles dans le panier de linge sale, se retrouve en culotte et soutif. Qu'est-ce qu'elle déteste son ventre qui recouvre la petite dentelle ornant le pourtour de son slip ! Elle a beau connaître son corps par cœur, à force de s'évertuer à se cacher sous ses vêtements, elle est toujours gênée quand elle voit sa peau flasque, blanchâtre et ponctuée de cellulite. Pas étonnant qu'elle ne passe jamais beaucoup de temps sous la douche ni qu'elle ait toujours, pour faire l'amour, rechigné à se déshabiller intégralement ou insisté pour éteindre la lumière. Nue, elle se déteste. En sous-vêtements aussi : l'élastique crée une silhouette encore plus irrégulière, emmaillotant son gras et accentuant les trop-pleins non recouverts de tissu, comme si sa culotte de cheval croulante, ses poignées d'amour gorgées de rancune et ses bourrelets s'apprêtaient à lui sauter à la gorge. Ah là là, elle hait se regarder dans le miroir. Ce reflet lui sape le moral. Ses fesses tombantes, ses seins qui, sans soutien-gorge, s'écrouleraient. Au collège, elle avait entendu des copines raconter que, pour s'assurer que l'on n'avait pas les seins qui tombent, il suffisait de mettre en dessous un stylo. Si celui-ci restait coincé, on était condamnée. Elle avait opté pour une variante de ce test et niché un crayon à papier sous sa fesse. Il était resté calé là, n'avait pas bougé. Verdict écrasant.

Bon, comment s'envelopper maintenant ? Elle enfile une première tunique, lavande, mais elle n'est pas raccord avec sa peau blanche : toutes les veines de son buste ressortent et sillonnent vers l'embouchure de son décolleté. Elle retire la tunique en vitesse, la laisse glisser à terre. *Next one*. Elle en endosse une vert ficus. Le tissu satiné la compresse à l'aisselle. Risqué. Ça la fait déjà suer. Elle laisse tomber fiévreusement le vêtement. Au suivant. Bleu nuit. Boudinée au niveau des hanches sans même avoir enfilé de pantalon. Elle continue d'essayer fringue après fringue, à la va-vite. Rien ne lui va.

Le tas s'accumule à ses pieds. Elle a une soudaine envie de pleurer. Elle se sent comprimée dans des vêtements qui étaient encore à sa taille il y a quelques mois. Abattue, elle s'assied sur son lit. « Qu'est-ce que j'ai été conne d'accepter, je n'ai rien à me mettre... » L'étau se resserre dans sa poitrine. Elle songe avec regret que, si elle avait rencontré plus tard le charmant voisin, après l'opération, elle aurait eu toutes ses chances. Là, c'est mort. En plus, elle est sûre qu'il lui a proposé de monter le vélo d'appartement parce qu'il l'a trouvée trop grosse. Il a dû comprendre que la bécane d'intérieur visait à lui faire perdre du poids et, s'il a proposé son aide, c'est que lui aussi pense qu'il est temps qu'elle pédale et évacue les calories. L'angoisse monte à l'idée de se rendre à la pendaison de crémaillère : à aucun prix, elle ne souhaite revivre la soirée de mariage de sa cousine Anne-Sophie.

C'est l'image qui lui revient à chaque fois qu'elle se sent engoncée dans des habits. Ce jour-là l'a marquée dans sa chair, le souvenir s'y est bien accroché. Le frisson de gêne est toujours bien palpable, aussi vivace que si c'était hier. C'était pourtant il y a plus de huit ans. Lucie venait d'obtenir son bac à presque 17 ans, Anne-Sophie en avait bientôt 20. Elle sortait depuis trois ans avec son petit ami.

Bien sûr, « Anne-So » avait tenu à ce que « Lulu » soit l'une de ses demoiselles d'honneur, elle qui avait suivi les tout débuts de son histoire d'amour, le jour de leur rencontre estivale adolescente, dans un bar du port de Concarneau ; elle qui avait adoré entendre en long et en large la si romantique demande en mariage sur la plage au coucher du soleil, un énorme cœur tracé dans le sable mouillé ; elle qui avait admiré les photos qu'Anne-Sophie lui avait envoyées sur MSN de la bague de fiançailles, un gros diamant qui avait appartenu à l'arrière-grand-mère. Lucie avait évidemment accepté. Elle était si heureuse pour sa cousine, sa préférée. Elles n'étaient plus aussi proches qu'avant, l'écart s'était aggravé à partir de la puberté, mais elles tchattaient souvent, pour raconter le quotidien, les histoires de cœur à sens unique de Lucie et les soirées étudiantes délurées pour Anne-Sophie à l'école d'infirmière.

La robe bustier rose poudré des quatre demoiselles d'honneur sur laquelle la future mariée avait jeté son dévolu était si mignonne avec le tissu croisé au niveau de la poitrine, comme un cache-cœur, son drapé mousseux... Lucie avait pu ajouter des petites bretelles. C'était « l'option gros seins », avait rigolé Anne-Sophie. Le couturier avait besoin de ses mensurations. Ça avait suffi pour la mettre mal à l'aise. Elle aurait voulu tricher, avait imaginé toutes les astuces possibles pour pouvoir donner des chiffres plus modérés. Mettre un collant ventre plat ? Impossible, le mariage avait lieu en plein mois d'août, elle serait donc jambes nues. Faire un régime avant l'été ? C'était quand même tenter le diable... Et si elle ne parvenait pas à affiner sa taille et aplanir sa bedaine ? Le feu aux joues, elle avait donc donné ses mensurations exactes. Ce n'était pas en dissimulant quelques centimètres qu'elle se rapprocherait du fameux 90-60-90, elle en avait bien conscience. Autant qu'elle soit à l'aise dans une robe qui épouse parfaitement ses formes et l'embellisse.

Lors de l'essayage, tout s'était bien passé. Elle avait pu fermer le zip sans se coincer la peau juste en rentrant un peu le ventre. Mais, le jour J, ce n'était plus tout à fait pareil. Elle ne se sentait pas libre de ses mouvements, sentait les bretelles s'enfoncer dans le gras des trapèzes, avait peur que ses seins ne débordent et remontent, pressés qu'ils étaient par la robe. Elle sentait l'étoffe se tendre à chaque respiration, le froissement du textile sur sa hanche à chaque pas. Au début, elle avait essayé de se rassurer et s'était dit qu'elle exagérait. Avec de nouvelles chaussures, c'est pareil : au début, les pieds souffrent, on a des ampoules ; c'est juste transitoire, le cuir ne s'est pas encore fait. Et puis, il « faut souffrir pour être belle », paraît-il ! Sauf qu'elle avait bien fini par remarquer les regards des convives, un peu gênés, souvent moqueurs.

Elle s'était sentie tellement moche. Une pâte d'amande rose sur pattes. Les trois autres demoiselles d'honneur, à la sortie de la mairie puis de l'église, étaient si précieuses et princières, tellement plus altières que Lucie, pourtant plus grande qu'elles avec son 1,67 mètre. La soirée, qu'elle attendait avec impatience, lui avait été encore plus insupportable. Elle n'avait pas osé s'aventurer une seule fois sur la piste de danse, de peur que la fermeture rende l'âme ou que le tissu craque lors d'un rock. Toute la nuit, il lui avait été impossible de s'abandonner à la joie du moment : sur le qui-vive, elle s'était contentée de regarder les autres filles virevolter gaiement, en toute insouciance.

Leurs robes se soulevaient avec grâce, laissaient découvrir leurs fins mollets, leurs genoux fuselés, le début de leurs sveltes cuisses... Elles étaient toutes si minces. La robe tombait si bien sur elles. Mieux encore, avait l'impression Lucie : c'était comme si elle avait été créée pour leur gabarit. La coupe n'était pas pensée pour ses rondeurs, mais pour les corps frêles et élancés qu'avait en tête le couturier. Lucie, ne leur ressemblant pas, ne ressemblait à rien. Cette robe de demoiselle d'honneur, c'était vraiment la robe de la honte.

Il y en avait quand même un qui avait trouvé que cet accoutrement lui allait bien, un cousin germain du marié. Elle avait noté son regard lubrique qui s'attardait sur ses fesses lorsqu'elle avait prononcé son petit discours et avait volontairement occulté ces yeux perçants qui la déshabillaient. En tombant sur lui sur le chemin des toilettes, elle s'était juste dit : « Ah bah oui, ça devait arriver... » Les yeux vitreux, ivre, il lui avait bloqué l'entrée et avait posé ses mains sur ses hanches charnues. Il l'avait attirée, pressée contre lui en lui palpant le postérieur : « Ah, tu n'attendais que ça, hein... » Elle n'avait pas bougé, sidérée, comme dédoublée. Transie.

C'est quand il avait glissé sa main pressante sous la robe, sur sa peau nue et d'un coup frigorifiée, qu'elle avait réalisé : c'était à elle, en vrai, à son intimité qu'il s'attaquait. Elle avait enserré son poignet, pour arrêter la progression des doigts. Le cerveau embrumé, il avait mollement tenté de protester : « J'ai tellement envie de toi, allez, viens, je sais bien que toi aussi... » Il s'était alors approché, avait posé la bouche sur son cou, avant de descendre vers ses seins. Elle avait crié : « Arrête ! » Enfin… sa voix étranglée avait émis ce qui ressemblait plus à un murmure qu'un avertissement ferme. En revanche, elle avait placé ses deux paumes sur son buste pour le repousser vivement. Il avait trébuché en arrière, la déception dans ses yeux, l'envie encore présente.

Lucie avait opéré un demi-tour aussi sec. Elle avait envisagé de s'enfermer dans les toilettes le restant de la soirée, mais le risque était trop grand qu'il campe devant et la presse de ses assauts. Mieux valait se coltiner la foule d'invités et être sûre de lui échapper. Plus tard, malgré son état d'ébriété avancé, il avait réussi à dégoter la jarretière de la mariée. Il l'avait brandie fièrement. Le lendemain, Anne-Sophie avait rigolé. Il en avait profité pour lui caresser la cuisse et lui toucher les fesses. « Ah ah, il a les mains baladeuses, Eliott ! » Lucie avait frissonné. Huit ans après, le malaise est toujours aussi fort.

Lucie prend son portable pour regarder l'heure. 19 h 13. Ça fait déjà plus de trente minutes qu'elle s'escrime à trouver une tenue. « Ah, zut, avec tout ça, je n'ai pas répondu à Jules ! » Déverrouillage de l'écran tactile, texto en partance en quelques secondes. « Tout s'est bien passé mais pas encore de date d'opération prévue. » Elle ne rentre pas dans les détails, Jules n'a pas besoin de savoir qu'elle doit y retourner. Un rendez-vous de plus ou de moins, à terme, ça ne changera pas grand-chose, ce n'est pas comme si elle allait passer sur la table d'opération demain. « Ça ne devrait pas trop traîner tout de même », espère-t-elle.

Ce qui ne doit pas traîner pour l'heure, c'est le choix d'une tenue pour la soirée. Surtout si elle veut avoir le temps de prendre une douche. Elle examine sans grande conviction les corsages en lin, coton fin, voire en soie. Pas de manches courtes, elle a peur que ça la serre, comme la ficelle d'un rôti. Sans manches, c'est pas trop mal, mais on verra tout son boudin de bras. Les manches longues, impensable, c'est encore l'été. Ses yeux se remplissent peu à peu de désespoir.

Bip du portable. Jules est réactif: « Cool. Content que tout se soit bien passé. Tu me raconteras! On se voit quand? » Qu'est-ce qu'il lui prend? Il est bien prévenant et insiste plus que d'habitude pour la voir. Il veut lui présenter sa petite copine ou quoi? Ça voudrait dire que c'est vraiment sérieux avec elle: d'ordinaire, il ne nomme même pas ses conquêtes, sûrement parce qu'il a toujours eu du succès avec les filles. Au lycée, il les enchaînait avec une telle facilité, à croire que l'adage « une de perdue, dix de retrouvées » avait été inventé pour lui. En tout cas, ça lui ferait vraiment plaisir qu'ils prennent le temps de discuter, juste tous les deux, qu'ils passent un moment bien à eux, sans les parents pour les superviser et leur donner l'impression de devoir se fondre dans leurs places d'antan, elle petite fille modèle, lui petit garçon turbulent. Le problème, c'est que, avec la rentrée des classes, de la 6e à la 3e, une dont elle sera prof principale, le mois de septembre va être très très très chargé. Elle finit par lui répondre: « C'est chaud, plein de taf pour préparer la rentrée. Dispo demain soir? »

Un regain d'optimisme s'empare de Lucie. Elle repère un top col rond gris souris avec des petits imprimés dorés en forme d'explosions de feu d'artifice. Pas si mal! En plus, ça fera ressortir ses yeux: marron cochon comme on disait en maternelle, et pas bleu amoureux à son grand désespoir. Reste qu'ils ont tendance avec le soleil ou des vêtements aux tons cuivrés, à tirer sur l'or. Elle tombe sur une jupe mi-longue en jean, qui descend sous le genou, pour cacher cet amalgame graisseux qu'elle abhorre. Taille haute pour aplanir le ventre et allonger les jambes afin de faire oublier ses mollets bien costauds. Elle l'enfile. Le côté évasé marque un tant soit peu la taille sans trop souligner la largeur des hanches. Ça lui donnerait presque une légère allure de pin-up, fesses charnues et poitrine plantureuse. Allez, c'est bien, ça. C'est parti pour une bonne douche revigorante.

Quand elle en ressort, Jules a répondu. « Pas possible sister, je bosse le soir. Et samedi, c'est le big day. » C'est vrai, il est serveur. « T'as bien un soir de repos !? » Il répond dans la foulée : « Ouais mais j'ai des rencards. Dans la journée ? » OK, récapitule Lucie mentalement, il est libre en gros quand je bosse et travaille quand elle pourrait être disponible. Ce n'est pas simple pour se voir. « Là, je peux pas, vraiment, trop de cours à préparer. La rentrée, c'est dans une semaine. Ça va devoir attendre octobre… » Elle se sèche avec la grande serviette éponge, un brin déçue. Mais revoilà que son portable sonne : « T'as qu'à passer un soir au bar pendant mon service, on se verra et pis ça te sortira ! » Mouais, ça ne l'enchante pas plus que ça, elle ne pourra pas vraiment discuter. N'empêche que ça cache quelque chose, qu'il cherche à ce point à la voir, ça l'intrigue. Peut-être va-t-il emménager avec sa nouvelle copine ? Si c'est le cas, elle apprécie qu'il lui réserve la primeur de l'info et ait aussi eu la délicatesse de ne pas en parler à son anniversaire pour ne pas lui voler la vedette. Alors elle ne ferme pas la porte : « Je te dirai. Bisous, je dois filer, j'ai une soirée. » Et tac, ça lui apprendra de croire qu'elle a besoin qu'il l'invite pour sortir de chez elle.

Des échos musicaux en provenance de l'appartement voisin la rappellent à l'ordre. Un petit coup de brosse pour donner du volume à ses cheveux fins, pas de rouge à lèvres, ce n'est pas non plus comme si elle se rendait à une soirée habillée, juste deux traits de crayon, du mascara. Elle jette un dernier coup d'œil au miroir : pas trop-trop mal. Elle a un peu le trac. « Allez, je ne prends pas non plus un risque fou, faut pas exagérer ! » Au fond, si elle s'embête, elle aura juste à traverser le palier : rien ne l'oblige à rester longtemps. De toute manière, le voisin l'a invitée par pure politesse. « J'y reste trois quarts d'heure minimum. Il ne faut pas non plus que je sois grossière ou qu'il me trouve snob. » Elle enfile ses ballerines, claque la porte et se dirige, le cœur battant, vers le paillasson voisin, en comptant bien revenir dîner chez elle.

5

Boum boum, dans sa poitrine. Ding dong, sur le palier. Tap tap tap, dans le couloir de l'appartement. Clap, la poignée qui s'enclenche. Cccrrrriii, la porte qui s'ouvre. « Bienvenue, Lucie ! » s'exclame le voisin, qui affiche un air ravi. Elle est scotchée. Comment est-ce possible ? Avec ces histoires de coriandre et de vélo d'appartement, ils n'ont pas échangé leurs prénoms. Elle n'y avait même pas songé, tout affairée qu'elle avait été à se dénicher une tenue seyante pour trouver grâce à ses yeux enjôleurs. Tant mieux, sinon elle aurait stressé, aurait échafaudé tous les scénarios possibles. Un des invités lui aurait ouvert et, déroutée, elle aurait déclaré d'un air stupide « Bonjour, je suis la voisine de… » sans pouvoir terminer sa phrase. Ou alors elle aurait fait preuve de plus de jugeote et affirmé comme si de rien n'était : « Bonjour, moi, c'est Lucie, la voisine de palier ! » Puis elle aurait avec discrétion tendu l'oreille pour repérer son prénom à lui dans les conversations. Trêve de rêveries, son voisin enchaîne :

— Je me suis rendu compte trop tard que je ne savais même pas comment tu t'appelais. J'en ai profité pour regarder les boîtes aux lettres quand je suis allé afficher le mot au rez-de-chaussée. Heureusement, il y avait ton prénom. Sauvé ! Voilà, désolé pour ce manque intolérable de savoir-vivre, rigole-t-il. Moi, c'est Kamel.

Comment ne pas succomber au sourire enchanteur de Kamel ? Maintenant que les présentations sont faites, il s'approche d'elle avec naturel pour lui faire la bise. Leurs joues droites s'effleurent, leurs nez passent l'un devant l'autre, puis c'est au tour de leurs joues gauches de se frôler. Kamel sent le frais, Lucie apprécie la caresse veloutée de sa barbe et de son parfum. Elle est envoûtée, toute gêne disparue. Qu'il ait pris le temps de chercher son prénom, ça doit bien vouloir dire quelque chose. Il ne l'a pas juste invitée par politesse, ou gentillesse : non, il s'est montré attentionné envers elle. Et ça, c'est un signe.

En tout cas, elle y voit une jolie anecdote, amusante, à raconter dans quelques années pour répondre à la question « Comment vous êtes-vous rencontrés ? » : « Il m'a croisée sur le palier et m'a invitée à sa crémaillère. Il est allé lire les noms de toutes les boîtes aux lettres de l'immeuble pour savoir comment je m'appelais… » Un beau début d'histoire. Après tout, il aurait pu se contenter de lui dire : « Au fait, on ne s'est même pas échangé nos prénoms tout à l'heure, moi, c'est Kamel, et toi ? » Ou, bien pire, ne pas s'en préoccuper, révélant ainsi qu'il s'était senti redevable pour l'herbe surgelée et l'avait conviée par automatisme, un peu comme on dit « Salut, ça va ? » sans s'intéresser à la réponse.

Kamel referme la porte derrière eux. Ils avancent dans l'étroit couloir. Porte vitrée à droite qui donne sur la cuisine, grand living en face et, sur la gauche, bien sûr, la chambre et sa salle de bains attenante. Exactement la même disposition que chez elle. Mêmes murs blancs, même grande baie vitrée, mêmes volets en bois. C'est drôle que leurs appartements soient à ce point identiques ! Seule différence : l'ameublement. Canapé gris foncé, table basse vitrée aux pieds métalliques courbés et meuble télé blanc resplendissant : on se croirait sur Instagram tellement tout est *clean*, jusqu'au petit pot de plantes grasses *design* accroché au mur. « Kamel a bon goût », se dit Lucie.

Il y a déjà une petite dizaine d'invités. « Je vous présente Lucie, ma voisine de palier. » Dit comme cela, on pourrait penser qu'ils se connaissent de longue date et ont l'habitude d'aller discuter, prendre le thé ou mater un film chez l'un ou chez l'autre. Les « Hello ! » fusent. Lucie s'avance avec légèreté et salue les uns et les autres, en s'efforçant de retenir les prénoms. Mais ce n'est pas aussi facile que pour ses élèves : là, pas de feuille blanche faisant office de porte-noms ou de trombinoscope pour se rafraîchir la mémoire.

Elle repère vite Leïla, la sœur de Kamel. À son grand étonnement, elle est aussi grosse qu'elle. Avec des similitudes – une poitrine fournie, des fesses larges et replètes – et des différences – moins ventripotente, une taille davantage marquée. Ce qui ne l'empêche pas de porter une mini-jupe rose pastel et un débardeur pailleté nacré. Stylée. Kamel enchaîne les présentations : Rudy, un vieil ami, qui le connaît depuis le collège, Michael « mais tu peux m'appeler Mika », Benjamin « ouais, enfin, tout le monde m'appelle Ben », John « mon vrai prénom c'est Jonathan mais ici personne ne l'utilise, je pense qu'ils ont même oublié que je m'appelais comme ça », des copains d'école, et... Elle a beau se répéter mentalement les prénoms comme un mantra pour les graver dans son cerveau, à peine entré dans une oreille, le nouveau prénom ressort par l'autre. Elle finit par perdre le fil et décide de se concentrer sur l'ambiance assez hétéroclite.

On dirait que Kamel a l'art de rassembler des gens très dissemblables. À sa droite, elle repère un élégant trentenaire barbu façon hipster en pleine discussion avec un homme dépassant les 60 ans, cheveux blancs, pantalon beige en lin et chemisette bleue à manches courtes. Outre son âge, son style oscillant entre classique et décontracté ainsi que sa minceur lui donnent un air original à côté des mecs à qui elle vient de dire bonjour et dont les T-shirts près du corps révèlent des bustes sans un pet de graisse.

Dans un coin de la pièce, deux femmes discutent. L'une détonne avec son presque 1,80 mètre, ses seins minuscules – Lucie remarque qu'elle ne porte pas de soutien-gorge sous son débardeur bleu marine passé – et sa longue chevelure châtain retenue dans une tresse épaisse. L'autre est un tout petit bout de femme d'environ 45 ans, tout en muscles, les cheveux frisés. Ce sont des collègues de Kamel. Lucie s'arme de courage et s'avance vers elles, désireuse d'en apprendre davantage sur ce nouveau voisin.

— Rappelle-moi ton prénom ? demande la plus petite. Moi, c'est Blandine.

— Lucie.

— Et moi, c'est Ingrid, enchaîne celle qui a un vague air de Lara Croft en raison de sa longue natte.

Elles se mettent à la bombarder de questions :

— Ça va, il n'est pas trop pénible comme voisin ? éclate de rire Blandine, un sourire malicieux aux lèvres.

— Eh bien, honnêtement, répond sagement Lucie, qui n'a pas une envie folle de déclarer que Kamel est pour elle un parfait inconnu, il est discret. Je ne l'ai même pas entendu emménager, ponctue-t-elle dans un gloussement.

— Ah, ça, c'est parce que c'est un meublé, répond Ingrid.

Lucie est déçue, elle qui s'était déjà imaginé Kamel comme un fana de déco. Mais Ingrid surenchérit déjà :

— Forcément, ça fait moins de fatras à trimballer dans l'escalier. Parce que c'est pas un ascenseur que vous avez là. C'est à peine si on peut caser deux personnes. Alors des meubles !

Lucie ne peut qu'acquiescer avant de demander :

— Comme ça, vous bossez ensemble ?

— Oui, répond Blandine. Avec Paulo aussi, ajoute-t-elle en désignant l'homme aux cheveux blancs.

— Ah, c'est une réunion de travail, en fait, pas une crémaillère, blague Lucie. Et donc, vous faites quoi toutes les deux ?

— Je suis prof de self-défense, répond Ingrid. D'ailleurs, c'est la rentrée, je recrute des nouveaux padawans, enfin, de nouvelles padawans, c'est un cours non mixte, poursuit-elle d'un ton énergique. Ça te dirait de venir ?

Lucie est un peu gênée :

— Euh, je ne sais pas trop. Tu sais, je ne suis pas très sportive, et puis, je pense que je suis un peu trop… lourde pour pouvoir me défendre avec vigueur, non ?

— Mais c'est quoi ces représentations ? Essaie ! Je te parie que tu vas accrocher. On a des sessions sur les agressions verbales. Or, à ce que je sache, avoir la langue bien pendue, ça ne dépend pas de ton IMC. Certaines sont maigres, d'autres pas !

— Oui, enfin…

— De toute façon, chacune fait selon ses moyens. Chaque année, il y a des femmes de tous les âges et de toutes les conditions physiques. Un coup de coude arrière dans le foie, crois-moi, t'as pas besoin d'être une athlète pour ça.

— OK, mais après avoir donné un coup de poing ou de coude, je fais quoi ? s'entête Lucie. Faut courir, j'imagine. Et, moi, je ne suis pas Marie-José Pérec.

— Tu peux gueuler.

— Ah ah, réplique ironiquement Lucie.

— Je ne plaisante pas. Ne pas retenir son souffle dans un cri, ça s'apprend.

— Et à part crier ?

— Il y a plein d'autres tactiques suivant les situations. Par exemple, dans les transports justement, tu peux prendre la main en train de te palper et demander : « C'est à qui cette main baladeuse ? » La self-défense, ce n'est pas seulement une histoire de coups, c'est un positionnement.

— C'est-à-dire ?

— Eh bien, c'est se dire qu'on peut agir au lieu de se l'interdire par crainte, le tout sans chercher à tout prix à user de la force. L'objectif n'est pas de rechercher la confrontation ni de la provoquer. Bien au contraire, les amatrices de sensations fortes peuvent s'abstenir ! Tout commence par un sentiment de sécurité intérieure, de confiance en soi. Quand tu te sens plus sûre de toi, que tu montres que tu es prête à affronter une situation difficile, ça, les agresseurs, ils le repèrent et ça les décourage souvent. Ce n'est pas aussi facile que de s'attaquer à plus petit et plus faible que soi. Et, si jamais ça ne leur coupe pas l'herbe sous les pieds, tu as véritablement des clefs pour faire face. Tu vois ?

— Oui, je vois, admet Lucie, pas tout à fait convaincue. Et toi, alors, Blandine, t'es aussi prof de self-défense ?

— Non, moi, je suis prof de yoga !

Lucie en déduit qu'Ingrid et Blandine doivent travailler dans un centre sportif. Et Kamel être prof de… kickboxing ? Ça pourrait expliquer son apparence musculeuse. Toutes ses élèves doivent fondre devant lui. Elle aussi serait presque prête à faire partie des troupes studieuses et appliquées, à suivre ses « 1, 2, 3, 4 » et « Allez, en rythme » qu'elle l'imagine prononcer d'une voix ferme et motivante… si l'on pouvait faire abstraction de sa transpiration à elle et de son visage rougeaud, vite cramoisi par l'effort. Pas idéal. De toute façon, quelle chance aurait-elle à côté de nanas bien gaulées, dans des leggings moulants dévoilant de petits postérieurs fermes ?

Et Paulo alors, qu'est-ce qu'il peut bien enseigner ? Il doit être prof de Qi Gong, ça correspondrait tout à fait à son port presque vaporeux, aérien. Lucie est sûre d'elle. Allez, on prend les paris.

— Et Paulo ?

— Il est prof de dessin.

Ah ça, si elle s'attendait à cette réponse. Devant les sourcils interloqués de Lucie, Ingrid rigole.

— Eh ouais, les activités du centre social sont variées. Pour que chacun puisse trouver chaussure à son pied. Comme ça, Kamel et les autres éducateurs ont toujours une activité à proposer, aux jeunes surtout, c'est notre premier public, mais aussi aux moins jeunes. Toi, tu bosses dans quoi ?

— Je suis prof aussi, mais d'anglais, au collège. Plus classique, plaisante Lucie.

— *Great !* s'enthousiasme Blandine.

— Attendez, les filles, je vous coupe mais le fameux tajine olives-citrons confits de Kaméléon vient d'être servi. J'en salive depuis qu'il a lancé les invitations. Je ne suis venue que pour ça, s'écrie Ingrid en se précipitant vers la table où Kamel vient de déposer le plat fumant.

Lucie la suit en poursuivant la discussion avec Blandine.

— Kaméléon ? Il vient d'où ce surnom ? s'étonne-t-elle.

— Oh là ! Je ne sais plus d'où c'est sorti, ça date, peut-être juste parce que ça commence pareil… Ensuite, je suppose que c'est resté parce que ça collait bien. Regarde-le avec son sourire passe-partout ! Au boulot, avec les parents énervés, les p'tits caïds, il sort les dents, mais sans agressivité, et en fait son affaire.

Passe-partout, ce n'est décidément pas le terme que Lucie aurait employé. Ça se voit quand un sourire est sincère. Chez Kamel, pas d'hypocrisie ni de masque forcé de politesse, ses yeux qui pétillent en sont la preuve.

— Bon, en arrivant après Ingrid, je risque de passer pour la nana insistante mais tu ne voudrais pas venir au cours de yoga si la self-défense ne te branche pas plus que ça ? lui propose Blandine.

— C'est gentil de proposer, déclare poliment Lucie, en s'emparant d'une assiette et en plongeant la cuillère dans le tajine parfumé à sa coriandre. Par contre, j'ai déjà essayé et je crois que ce n'est pas vraiment pour moi.

— Tu as essayé quoi ? le hata yoga ? l'ashtanga ?

— Euh, j'en sais rien. Une prof est venue l'année dernière faire une session aux élèves en classe, détaille Lucie, gênée. Franchement, apprendre à respirer sur une chaise en fermant les yeux, ça m'a plus ennuyée qu'autre chose. J'ai failli m'endormir.

— Oh, mais le yoga ne se résume pas à ça ! rétorque Blandine, qui se sert une portion généreuse.

— Oui, oui, mais je ne suis pas sûre que ce soit adapté pour moi. Tu vois, je ne suis pas du tout souple, mais alors pas du tout, répond Lucie, en se réchauffant le palais.

— Oh, la souplesse, ça se travaille. Je te jure, il y a vingt ans, avant que je démarre le yoga, je bossais dans les assurances et j'ai commencé la pratique comme un loisir, eh bien, je pensais que seul un acrobate pouvait réussir à croiser ses jambes en lotus, soulever son buste et réaliser un mouvement de balancelle avec uniquement la force de ses bras, en tenant sur les mains donc. J'ai mis du temps à soulever mon cul, ne serait-ce que d'un millimètre.

Éclats de rire perchés partagés. Lucie n'est pas totalement séduite à l'idée de remuer ses fesses sur un tapis de yoga, mais pourquoi pas ? Elle se surprend à se sentir à l'aise en compagnie des amis de Kamel. Et son tajine est délicieux. Non seulement son voisin est superbe, mais, de plus, il est fin cuisinier. Il a dû y passer la journée. C'est bien normal qu'il n'ait pas eu le temps d'écrire un mot pour prévenir les voisins plus tôt. Le citron confit est doux, pas trop acide et il fond sur la langue, les olives sont succulentes. Sans parler du poulet tendre et légèrement parfumé d'une note de coriandre. Elle mange avec plaisir, sans se sentir jugée. C'est bon. Un régal. L'ambiance est cool, la musique communicative. Lucie regrette de ne pas avoir emporté son téléphone portable, elle aurait bien shazamé ce morceau en lui-même éclectique, un mélange d'électro-pop et d'instruments orientaux, avec une voix capiteuse qui chante, semble-t-il, en arabe.

— J'aime beaucoup cette chanson. C'est de qui ?

— Bachar Mar-Khalifé, répond du tac au tac Kamel. On est allés au concert à la Gaîté lyrique pour mon anniversaire en mai l'année dernière. C'était dingue !

— Je ne connaissais pas. C'est vrai que c'est à la fois entraînant et… ensorcelant.

Le temps passe vite. Kamel passe d'un groupe à un autre, s'assurant que ses convives ne manquent de rien. À l'heure du dessert, il apporte un plateau empli de cornes de gazelle. Elles sont embaumées d'eau de fleur d'oranger et le sucre dont elles ont été saupoudrées leur confère une coloration scintillante. « Et voilà les chebakias ! » Les pâtisseries miellées enchevêtrées sont splendides ne serait-ce qu'à regarder. On dirait des roses des sables passées au four et caramélisées avant d'être parsemées de graines de sésame plutôt que de grains de silice. Lucie en prend une, petite, croque, a les lèvres poisseuses, se les pourlèche. Le goût de la cannelle, de l'amande… C'est tout ce dont elle avait besoin pour être calée. Mais la soirée est loin d'être terminée !

« Le cadeau, le cadeau », hurle Blandine comme une folle. Leïla arrive cérémonieusement avec une boîte dans les mains. Kamel se marre : « Franchement, fallait pas. Je vous avais dit de ne rien ramener, à part vos fesses ! » Il déballe cérémonieusement le paquet. Comme Lucie envie cette aisance à ouvrir avec gourmandise son cadeau. Rien à voir avec la gêne qui s'est emparée d'elle chez ses parents. C'est un jeu de fléchettes. En le découvrant, les pupilles de Kamel se dilatent de plaisir. Il devait en avoir très envie, se dit Lucie. Ses amis le connaissent bien. En tout cas, davantage que Serge et Valérie ne la comprennent, elle. Kamel vient embrasser un par un tous ses invités pour les remercier, Lucie y compris. Ça l'ennuie un peu de ne pas avoir contribué.

— Eh bien, de rien, au sens littéral. Parce que je n'y suis pour rien du tout, murmure-t-elle, avec un sentiment d'imposture.

— Merci d'être venue, ça me fait plaisir que tu sois là, répond-il tout sourire.

Le cœur de Lucie bat à tout rompre, ses joues s'empourprent. Heureusement, Kamel n'a sûrement rien vu, occupé à finir le tour des bises. Il disparaît un moment et revient ravi, en brandissant un marteau, un clou et un mètre.

— On se fait une partie ?

En moins de deux, le clou est planté à la bonne hauteur et la cible se retrouve sur le mur mitoyen de l'appartement de Lucie. Kamel lui lance un clin d'œil :

— Promis, je ne jouerai pas à n'importe quelle heure du jour et de la nuit.

— C'est gentil, merci. Surtout que mon lit est pile de l'autre côté du mur, répond Lucie avec humour.

Elle hésite à jouer. Elle se sait souvent maladroite dans les jeux d'adresse. Avec elle, la pointe en métal va se retrouver fichée au mur, c'est certain. Kamel la rassure :

— Je reboucherai les trous. À quoi ça sert d'avoir un appartement si on peut rien faire dedans ?

Alors elle acquiesce, en pouffant. Les équipes se forment. Comme dans un rêve éveillé, elle est sélectionnée par Kamel. Il lui explique le geste, touche son poignet, ses doigts. Elle se débrouille pas mal, même si, à un moment, une fléchette se coince juste derrière la plinthe et suscite les rires bruyants des deux équipes. Heureusement, Kamel est là pour engranger les points. Il ne rate jamais sa cible. « Un vrai Cupidon, ou plutôt Kupidon avec un K« , s'amuse-t-elle. Ça lui rappelle la série

Modern Family, remplie d'amusements collectifs et de bons sentiments. Sauf que, pour une fois, elle est dans l'action, pas devant son écran.

La partie finie, Lucie regarde sa montre. Il est déjà 23 heures passées. Et elle qui pensait se forcer à rester au moins trois quarts d'heure. Elle sent à peine la fatigue. Même si elle tient debout depuis un moment, elle n'a pas les jambes lourdes. Elle passe un bon moment et n'a pas envie d'en rater une miette. Elle se décide à partir un peu plus tard, lorsque le départ se fait plus massif au moment du dernier train. « Bonne route ! » lui lance Kamel à travers le palier. Elle lui sourit sans mot dire, tant cette complicité naissante lui semble pouvoir se passer de mots.

Lucie referme sa porte avec lenteur. Pour rejoindre son lit, elle doit enjamber les piles de vêtements qu'elle a laissés au sol. Curieusement, elle se sent enjouée, euphorique. Pas un instant elle n'a eu la sensation d'être un « gros tas ». Personne ne l'a jugée sur son apparence. Heureusement que Kamel l'a prise au dépourvu et l'a sortie de ses habitudes casanières. Elle a passé une si belle soirée. En fermant ses volets, elle aperçoit une dernière fois la belle silhouette de son voisin qui se reflète dans la fenêtre d'en face. Il lui fait un petit signe de la main, qu'elle lui retourne. La nuit a dû cacher le rouge de ses joues. Elle s'endort avec son image. Troublée. Heureuse.

6

Bip strident. Les chiffres rouges 07:00 impriment leur clignotement sur sa rétine. Quelle brutalité après cette douce soirée chez son voisin ! D'un geste automatique, Lucie éteint le réveil puis allume sa lampe de chevet. Douleur éblouissante. Il faut ce qu'il faut, surtout après cette courte nuit. Impossible sans ce sursaut visuel matinal de s'extirper du lit et de se diriger à pas traînants, les paupières lourdes et trébuchantes, vers la douche. Seule l'eau sur sa peau a le pouvoir de la tirer de ce sommeil engluant. Elle termine toujours par un jet d'eau glacé sur ses cuisses puis son ventre. Le frisson est désagréable mais le froid est censé faire effet sur la cellulite. Marre de grever son budget mensuel avec des crèmes à la caféine et leurs embouts « rollers » qu'elle appliquait vigoureusement sur sa peau d'orange au prix d'un coûteux et si vain combat.

Elle se savonne, se rince, se sèche, s'habille en vitesse. Dans la cuisine, les rayons de soleil balbutient, ses orteils réchauffent le carrelage tandis que son thé noir, brûlant malgré le cumulus de lait froid ajouté, revigore son palais. Le portable à côté d'elle lui sert de radio. Elle écoute un podcast de la BBC, celui de l'émission *Today*. Sa brioche grillée et odorante fait trempette dans son mug. Des traînées de beurre à la surface. Miam ! Une petite gorgée de jus de raisin, et elle a de quoi bien démarrer la journée. Celle-ci va être chargée d'ailleurs.

Elle passe attentivement en revue la liste des élèves et note en alphabet phonétique les noms de famille qu'elle connaît déjà, parce qu'elle a déjà eu ces gamins dans sa classe ou leurs frères et sœurs les années précédentes. Elle s'applique à les écorcher le moins possible lorsqu'elle procède à l'appel. C'est leur identité, pas une donnée quelconque. C'est aussi en raison de leur nom qu'ils font partie du groupe 1 ou du groupe 2 et qu'ils se retrouvent assis à côté dans les cours où les enseignants professent un amour absolu de l'ordre alphabétique. Lucie est plus libérale. Si les copains et copines veulent se mettre côte à côte, pas de problème. Le cours sera plus facile s'ils s'apprécient et échangent pour savoir qui, d'une fois à l'autre, apportera le manuel et surchargera son sac à dos.

Elle n'est pas laxiste pour autant. Sinon elle ne serait pas en train de lister, pour les 5e, les 4e et les 3e, les compétences du programme supposément acquises en fin d'année précédente et de leur préparer un devoir surprise sur table pour la semaine de la rentrée. Les élèves détestent ce contrôle des connaissances qu'ils vivent comme un guet-apens, elle le sait. Mais elle en a besoin pour estimer leur niveau. Et elle saura dans son évaluation tenir compte à la fois des longues vacances, qui leur ont fait oublier la grammaire ou le vocabulaire (voire les deux), ainsi que du stress suscité par cet examen inopiné. Avec cette base-là, elle pourra adapter ses cours et les faire progresser. C'est le but qu'elle se donne. Officiellement. Car il faut admettre que le procédé lui permet aussi d'affermir d'entrée son autorité. D'une pierre deux coups. Pas facile d'être une jeune prof : les gamins sont difficiles à canaliser et Lucie stresse de devoir passer son année à faire la discipline plutôt qu'à enseigner l'anglais. Se concentrer sur la préparation de ses cours lui évite de trop y penser et d'angoisser sur les inévitables têtes brûlées qui lui manqueront de respect. Elle regarde sa montre. 9 h 45. Deux bonnes heures de boulot. Efficace. Elle continuera dans l'après-midi. Là, il lui faut partir.

Dans le bus, elle lit dans le texte, pour le plaisir et pour le boulot, – ça se chevauche – *A Song of Ice and Fire*, le trépidant roman de George R. R. Martin. Autant attirer les élèves avec des musiques et des séries dont ils sont friands : les classiques Beatles ou *West Side Story* ne leur parlent plus beaucoup aujourd'hui. Et puis, c'est de cette manière qu'elle a vraiment appris cette langue et qu'elle continue de la découvrir et de l'apprécier : pas seulement dans les livres de Jane Austen, David Lodge, Jeanette Winterson, Zadie Smith ou Jonathan Franzen mais en s'immergeant dans des films et des séries anglophones, en passant du snob accent british de *Downton Abbey* au marmonnement texan, du roulement des *r* écossais à leur absence australienne, des consonnes frappantes de l'irlandais à leurs traces atténuées dans la bouche des New-Yorkais de *How I Met Your Mother*, se forçant à mettre les sous-titres en anglais puis à les retirer progressivement, ne faisant confiance qu'à son ouïe.

Elle sait bien que les collégiens sont accros à la série de *fantasy Game of Thrones*. Il y a deux ans, à son cours du lundi de 3e B, à la rentrée des vacances de Pâques, elle avait dû gérer une dispute entre Léa et Thomas. La jeune fille venait d'être *spoilée* par son camarade du prodigieux retour à la vie d'un des personnages. Thomas avait argué avec dédain qu'elle avait eu une semaine pour regarder ce premier épisode, fallait pas exagérer, et Léa, rouge de colère, avait expliqué que, cette semaine-là, elle était chez son père, qui n'avait pas l'abonnement. Heureusement, cette année, la saison a été diffusée en plein été. Lucie corne les pages, surligne des mots, s'applique à tout noter dans son petit carnet. Elle tient à être la prof dans le coup, celle que les élèves se réjouissent de voir, et qui leur aura (re)donné l'envie de parler une langue étrangère et d'élargir leur horizon, de partir en échange universitaire outre-Manche, outre-Atlantique, même de l'autre côté du globe.

La voilà arrivée. Sans être en avance ni s'en inquiéter, elle dépasse le panneau métallique sans y jeter un œil, pousse la porte sans l'appréhension de la première fois, s'installe sur la solide chaise en plastique sans réfléchir. Veste enlevée prestement, bouquin aussitôt ressorti de son sac, surligneur à la main, elle replonge, appliquée, dans le monde peuplé de dragons et de marcheurs blancs.

La voix polie de la psy l'en tire : « Bonjour ! » Lucie se lève, sourit, lui tend la main et la serre fermement, sans moiteur, sans inquiétude. Elle la suit, s'assied dans le fauteuil. Celui-ci lui fait l'effet d'un ami qu'on n'a pas vu depuis longtemps mais dans les bras duquel on se blottit confortablement, sans craindre de jugement. C'est parti. Objectif : sortir avec l'autorisation d'opérer !

— Alors ? démarre la psy en douceur. Que s'est-il passé depuis notre dernière entrevue ? Vous avez pensé à des choses dont vous voudriez me parler ?

Lucie se rend compte que non. Elle n'a pas réfléchi à ce qu'elle allait aborder et n'a pas non plus élaboré de stratégie particulière pour ce rendez-vous, elle qui a pourtant passé sa matinée à structurer avec finesse ses cours de la semaine prochaine. Elle a l'impression d'être prise en faute, de ne pas avoir fait ses devoirs, de ne pas même les avoir notés consciencieusement sur son agenda. Elle s'envoie une note mentale : acheter un carnet et y lister ses réflexions pour la prochaine fois… « La prochaine fois ? Mais ça ne va pas dans ta tête, ma pauvre Lulu ? Tu vas avoir ta signature aujourd'hui, faut que t'arrêtes de partir perdante ! » se réprimande-t-elle intérieurement. Elle se sent dans la peau d'une élève qui doit obtenir le visa des surveillants pour être autorisée à revenir en classe après un retard ou une absence. Cette signature, il la lui faut, elle veut retourner dans le *game*, quitter le pays des gros.

— Ça a vraiment été boulot-dodo-boulot-dodo depuis la dernière fois. Hier, c'était la pré-rentrée, lundi, c'est la rentrée. Je m'y consacre à fond. Je n'ai pas envie de me laisser dépasser par les élèves. Les premiers cours sont importants. Il faut donner une bonne impression, vous voyez ?

La psy acquiesce en souriant, un brin amusée, apparemment.

Lucie conclut :

— Donc, il ne s'est pas passé grand-chose.

— Il n'y a pas besoin qu'il s'agisse de grandes choses, vous savez. Ce qui compte, c'est ce que vous avez ressenti. Et, parfois, de petits événements peuvent amener de grandes émotions.

— C'est vrai… Maintenant que vous le dites, ça me fait penser que je suis allée à une soirée vendredi dernier. Chez mon voisin, Kamel. Ce n'était pas prévu du tout, je ne le connaissais même pas, poursuit Lucie en ayant peur de rougir et que son attirance pour lui se remarque. Je ne sais même pas ce qui m'a pris d'accepter comme ça, sans réfléchir. Enfin, c'était sa crémaillère et, comme c'est mon voisin de palier, il m'a dit de me joindre à eux plutôt que de passer la nuit à entendre les bruits à travers la cloison. Euh, je ne sais plus ce que je voulais dire… Zut, ça m'a échappé.

— Je vous ai dit que de petits événements peuvent…

— Ah oui, c'est ça ! la coupe Lucie sans même s'en excuser, tout à la joie d'avoir retrouvé le fil de sa pensée. Eh bien, c'était une banale soirée mais ça m'a changé les idées. Dans le sens où, d'habitude, j'y pense tout le temps… que je suis grosse. Surtout quand je suis au milieu des autres.

Silence. La psy ne le brise pas. Lucie réfléchit un peu et continue.

— Probablement que j'ai été éduquée comme ça, en fait. Ma mère, elle est obsédée par le poids, le sien comme le mien. Mais, là, je n'y ai pas pensé de la soirée. Enfin, j'y ai pensé avant, ça oui… quand j'ai choisi mes vêtements, pfff… quelle galère ! Parce que j'avais peur d'être mal vue, d'être jugée sur mon physique, mais, dans le feu de l'action, non, je me sentais bien et à ma place au milieu des autres invités, réalise Lucie en même temps qu'elle l'exprime.

— Et pourquoi, à votre avis ?

— Peut-être parce que je n'étais pas la seule à être en excès de poids. La sœur de Kamel, ça m'a surprise, elle aussi, elle est en surpoids, mais elle semblait tellement à l'aise, ça se voyait à la manière dont elle était habillée, elle avait mis une mini-jupe. Moi, jamais je n'aurais osé. Elle avait l'air bien dans sa peau cette fille, ça m'a sauté aux yeux. Je me suis dit qu'on pouvait donc être grosse et bien le vivre. Mais je ne suis pas sûre que ce soit uniquement à cause de ça… Ils ont surtout été tellement accueillants et chaleureux. Kamel m'a présentée à tout le monde, j'ai fait la connaissance de ses collègues de travail et ils me parlaient comme si j'appartenais déjà à leur bande. En fait, c'est ça : personne ne se jugeait. C'était juste… gai, pointe Lucie avant de s'interrompre, perdue dans le souvenir de cette agréable soirée.

Calme moelleux. Elle tâte la moquette de son pied et réalise qu'elle aimerait revoir Blandine et Ingrid, et pas seulement Kamel. Mais qu'elle n'est pas encore assez sûre d'elle pour oser.

— C'est pour cela que vous avez choisi de m'en parler ? avance la psy après un temps.

— Oui, parce que, j'étais, comment dire, tranquille, sereine. Pour une fois, je n'avais pas besoin de surveiller les calories, de me dire « Attention, tu prends trop de place »… J'ai vraiment ressenti un bien-être. Ce n'était pas juste « sympa », j'ai savouré ce moment, au présent, quoi. Je me suis laissée aller, comme si j'avais lâché l'espace d'une soirée la tension qui m'habite.

— La « tension » ?

— Je ne sais pas si c'est le mot approprié pour décrire le fait de penser à mon poids tout le temps. Je veux dire, c'est vraiment pesant. Je suis toujours sur la défensive… Peut-être trop, souffle Lucie, après une légère pause introspective. C'est un cercle vicieux. Par exemple, une fois, une caissière m'a dit, en regardant ce que j'achetais : « Ah, tout ça, c'est pour vous ? » En insistant bien sur le mot « tout » et en me scrutant. Alors, maintenant, je flippe chaque fois que je mets mes courses sur le tapis roulant, j'ai toujours l'impression qu'on me regarde d'un drôle d'œil. Si ça se trouve, il y a des fois où c'est juste dans ma tête. Je suis parano, peut-être ? ajoute-t-elle en sollicitant la psy d'un regard muet, comme pour dire « Mais qu'est-ce que j'ai donc pour ne pas me sentir bien dans mes baskets ? » Enfin, là, à cette soirée, il n'y avait pas ça. Je n'ai pas pensé à mon poids et j'ai passé un bon moment.

En parlant, un flash surgit : elle se voit dans une autre vie. Une vie où Kamel la conduira à l'autel, détendue, souriante, superbe dans sa robe de mariée et ses kilos soi-disant en trop. À quoi bon s'acharner à les perdre s'il l'apprécie telle qu'elle est ? Du moment qu'elle plaît à Kamel, elle n'a plus besoin de se soucier des avis des autres, de se préoccuper de leur jugement. Enfin un amoureux qui ne lui rappellera pas sans cesse qu'elle est grosse en disant qu'il l'aime « malgré tout », comme si ses coussinets de graisse étaient un handicap qu'il a la gentillesse de surmonter. Enfin un mec à qui elle n'aura pas l'impression de faire honte en exhibant ses formes à ses côtés. Son regard souriant, bienveillant, aimant, voilà qui pourra l'aider à, peu à peu, aimer ce corps qu'elle habite, même s'il ne rentre pas, loin de là, dans l'idéal de cette société. Après tout, elle n'est pas malade !

Elle n'ose pas raconter son fantasme à la psy. Oh, elle s'en garde bien, par peur du ridicule. Aussi par crainte d'enrayer le processus. Ce serait laisser entendre qu'elle n'a pas besoin de l'opération. D'accord, elle ne vise pas une silhouette de mannequin, mais elle s'imagine mal renoncer. Ses kilos la coulent, l'empêchent la plupart du temps de respirer la vie à pleins poumons. Non, c'est sûr, l'opération, c'est pour elle l'unique solution pour ne pas se noyer. Et Kamel ne l'en aimera que plus avec des kilos en moins. Alors elle choisit de se rabattre sur un banal discours autour de l'alimentation.

— Vous savez, durant la soirée, j'ai mangé avec plaisir. C'était tellement bon. Enfin, sans abuser non plus. Par exemple, il y avait des cornes de gazelle maison mais je n'en ai même pas pris, j'ai choisi seulement un gâteau au miel, je ne me souviens pas du nom, mais un tout petit, sans même avoir besoin de me restreindre. Sans effort. Je n'avais plus faim. Mes papilles aussi étaient repues. Vraiment, je n'ai ressenti aucune frustration.

Lucie prend conscience qu'elle veut prouver qu'elle n'est pas attirée comme un aimant par la nourriture. Ça l'étonne que l'avis de cette psy qu'elle voit pour la deuxième fois compte autant à ses yeux, et pas seulement dans une stratégie d'obtention de cette fichue signature.

— Tout ça, ne pas penser à mon poids, manger sans culpabiliser, me sentir libérée de mon corps, ça ne m'était pas arrivé depuis longtemps.

— Longtemps ? Vous pouvez préciser un peu ?

— Oui, répond-elle, avec une moue de réflexion. Par exemple, c'est bizarre, mais ça me fait penser aux vacances que je passais chez mes grands-parents paternels en Bretagne. J'étais petite, j'avais 6 ou 7 ans, je crois. On faisait souvent des courses dans le sable avec mon frère et mes cousins. On s'amusait bien. Quand on tombait, ce n'était pas grave. On ne craignait pas de déchirer nos vêtements, de les tacher parce qu'on saignait. Mamou et Grand-Pa n'y faisaient pas attention. On s'en fichait. On était… libres.

Cette image du passé si longtemps enfouie l'émeut et lui rappelle qu'elle n'a pas toujours été gênée dans son propre corps. Mais alors à quel moment a-t-elle décidé de se calfeutrer bien au fond de sa graisse ? Certains souvenirs tentent de se frayer un chemin à la surface. Pourquoi, alors qu'elle était une enfant si vive, si enjouée, est-elle devenue une adulte si mal dans sa peau ?

Sauf que la séance est terminée. Et l'attestation n'est toujours pas signée… Rendez-vous est donc pris pour la semaine suivante. Vendredi 8, 15 h 30. Elle remet son agenda dans son sac et, à la sortie du cabinet, s'étonne de ne pas ressentir de frustration alors qu'elle n'a pas obtenu la sainte signature.

Une idée vient d'éclore dans sa tête. Elle repense à ses journaux intimes, à son premier petit cahier rembourré rose avec son cadenas lilliputien doré en forme de cœur, dans lequel elle avait commencé à consigner, dès qu'elle avait su écrire, les petits secrets de sa vie intérieure, et à tous les autres qui avaient suivi, de banals cahiers A5, qu'elle a remplis jusqu'au lycée. Eux seuls pourront lui dire si elle n'a pas enjolivé ses souvenirs lointains, s'il y a eu un temps où elle s'est perçue autrement que grosse, un temps où, gamine, elle profitait tout simplement de la vie. C'est décidé. Elle doit les récupérer. Direction : les parents. Action !

7

Elle effectue le trajet en mode automatique, les stations du train de banlieue s'enchaînant les unes après les autres. Elle connaît le chemin par cœur. Arrivée devant chez ses parents, elle sonne.

— Oui ? grésille sa mère à l'interphone, après une vingtaine de secondes.

— C'est Lucie !

— Ma chérie ? Mais… ? Je t'ouvre.

Valérie l'attend dans l'encadrement, en pantoufles roses.

— C'est moi qui ai oublié que tu venais aujourd'hui ?

Lucie lui signifie non de la tête, en se laissant embrasser affectueusement.

— Sergio, devine qui vient nous faire la surprise d'une visite ? crie sa mère en direction du salon.

— Aucune idée, grommelle Serge, qui se traîne dans l'entrée. Oh, Lulu, ça alors ! Pour une surprise, c'est une surprise. Allez, viens dire bonjour à ton papa d'amour, articule-t-il non sans peine, en la prenant dans ses bras.

Lucie approche, en retenant sa respiration. L'haleine de son père suinte l'alcool à plein nez. Elle s'extirpe, écœurée, du gros câlin paternel.

— Tu aurais dû prévenir de ton passage, gronde gentiment Valérie. Je n'ai rien prévu pour déjeuner, ma chérie. Tu sais, le midi, je mange une pomme cuite et un yaourt, sauf quand vous venez, ton frère et toi.

Sa mère s'excuse comme si elle venait d'être prise en défaut de ne pas avoir mis les petits plats dans les grands.

— Oh, Valérie. Il y a des surgelés. Je ne fais pas la diète, moi. J'ai déjà prévu de courir 10 kilomètres demain pour éliminer. Qu'est-ce qui nous vaut l'honneur de ta visite ? demande Serge d'un ton grisé.

— Pour ça, oui, on le voit que tu ne fais pas la diète, rétorque sa femme en levant les yeux au plafond.

— Je ne fais que passer, je ne comptais pas rester manger, intervient Lucie, qui n'a aucune envie de partager le déjeuner parental. J'ai besoin de récupérer des manuels d'anglais et quelques cours de Master qui m'avaient été utiles pour le Capes. Je vais aller chercher mes affaires dans ma chambre. Je vous laisse vous disputer.

— On ne se dispute pas, objectent-ils à l'unisson.

Lucie monte l'escalier, tandis que Serge retourne à son whisky apéritif. Il a recommencé. Ou alors il s'était juste bien tenu pour son anniversaire, Valérie ayant banni toute boisson alcoolisée des réjouissances. Là, elle arrive sans crier gare et elle le trouve un verre à la main. Il y a mieux pour lui donner envie de rester manger que sa mère rongeant sa pomme et son père lapant son whisky… Dès qu'elle aura accompli sa mission, elle prendra ses jambes à son cou.

Dans sa chambre, tout est méthodiquement rangé. Elle récupère quelques classeurs, des manuels scolaires pour faire illusion devant les parents. Mais, avant tout, elle déniche le journal intime rose bonbon, le tout premier, dans lequel elle notait ses pensées à la manière bien appliquée et concentrée d'une élève de CP, toute fière d'avoir appris à écrire. Les successeurs de ce carnet sont tous bien alignés à côté, elle les a même numérotés, un par année scolaire. Elle se souvient qu'elle les remplissait jusque dans les marges, avec la sensation de commettre un acte rebelle. Hop, elle fourre tout dans un vieux sac à roulettes qu'elle déniche au fond d'un placard.

Lui vient l'envie subite de s'emparer de quelques albums photo des années 1990, mais ils sont dans le buffet du salon. S'il la voit faire, son père risque d'avoir envie de les feuilleter avec elle. Et elle n'a pas envie d'attirer les questions sur sa curiosité soudaine, elle qui n'a jamais manifesté le moindre intérêt pour ces albums ! Lucie se souvient alors que les photos de classe et les sages portraits scolaires ne font pas partie de la collection du rez-de-chaussée. Ils sont regroupés dans une épaisse pochette cartonnée, là, dans sa chambre. Hop-là, elle glisse la pochette sous un classeur et referme la fermeture éclair du sac. Ni vu ni connu, pile au moment où sa mère surgit :

— Ça va, ma chérie ? Tu trouves ce dont tu as besoin ?

— Oui, c'est bon.

— Tu as fait ta pré-rentrée ?

— Hier.

— Ça s'est bien passé ?

— Oui, oui, super. Ça permet de se remettre dans le bain.

— Pas trop fatiguée ? Ça va, ta santé ?

— Aucun problème, tout va bien, maman, répond évasivement Lucie.

— Tu as besoin d'aide pour porter ton sac ?

— Volontiers ! C'est un peu lourd tous ces papiers. Et vous deux, ça va ?

— Oui, oui, pas de soucis, répond Valérie, en évitant de croiser son regard.

Les deux femmes descendent les escaliers, fille en tête, sac entre elles.

— Je suis vraiment désolée, je dois filer. Trop de taf. Je vous embrasse, clame-t-elle sans joindre le geste à la parole.

— Bisous bisous, ma chérie, énonce sa mère du bout des lèvres, de nouveau assise au salon.

— J'espère que, la prochaine fois, tu resteras un peu plus longtemps. Et bonne rentrée, hein, ma Lulu ! conclut Serge, visiblement déçu de la voir partir, en déglutissant sa dernière gorgée de whisky.

Lucie déguerpit, alourdie par le poids du sac. Elle se demande ce qui lui a pris. Pourquoi s'est-elle ainsi précipitée chez ses parents ? Pourquoi ne pas les avoir appelés avant ? Elle regrette presque. Ça lui aurait évité de surprendre son père dans cet état. Elle décide de ne plus y penser et monte dans le train, le tout premier cahier à la main. Peu importe qu'on la voie avec ce carnet de gamine : elle s'apprête à retrouver avec félicité, derrière la couverture rose, les moments dorés de ses vacances bretonnes.

— Allez, tu veux pas me filer ton numéro ? C'était sympa de discuter avec toi. On pourrait remettre ça.

En entendant ces paroles, Lucie lève les yeux du journal intime et remarque une jeune femme à côté de laquelle un type est assis.

— Non, je t'ai dit, j'ai un copain, répond la fille avec courtoisie, en souriant.

Lucie voit bien qu'elle n'est pas très à l'aise, qu'elle affiche un masque de politesse alors qu'à l'intérieur elle n'en mène pas large.

— Nan, mais c'est vraiment sérieux avec lui ? J'suis sûr que non, s'obstine le mec. Sinon, tu m'aurais pas parlé comme ça.

— Oui, c'est sérieux, appuie la fille, dont le sourire s'efface pour laisser place à une feinte indifférence.

— Tsss, j'te plais, fais pas semblant.

— Non, vraiment, ça sert à rien d'insister, je suis bien avec mon copain, objecte-t-elle les yeux fixés droit devant elle.

— Tu s'rais mieux avec moi, j'te garantis. Regarde, on discute depuis dix minutes, on passe un bon moment et, si tu me donnes ton numéro, c'est juste le premier d'une longue série.

— Écoute, je te remercie mais je ne suis pas intéressée.

Fin de non-recevoir. La fille oppose au gars un silence total, elle reprend sa lecture et tourne les pages de son livre comme si de rien n'était. Lucie est sûre qu'elle compte les secondes, que ses pupilles ne se fixent même pas sur les mots, qu'elle attend juste d'être au prochain arrêt pour ne plus être coincée dans ce wagon à côté de lui.

Lucie se dit qu'il n'y a qu'un pas entre être bien roulée et se faire rouler. « Oui, être bien foutue l'a placée dans une situation sordide », pense Lucie, qui aimerait se rendre utile mais ne sait pas comment. Elle culpabilise d'autant plus qu'elle se sent soulagée de ne pas être la proie autour de laquelle ce mec tourne et tourne sans relâche. Elle les connaît, ces types, leurs réflexions désagréables, leurs compliments qui se transforment en insultes s'ils n'obtiennent pas de réponse (ou alors pas celle voulue), un « Merci, je suis flattée, voilà mon numéro, quand est-ce qu'on se revoit ? » Elle les connaît depuis toute petite, ces garçons qui soulevaient sa jupe pour voir sa culotte dès la maternelle ; ceux qui ouvraient la porte des toilettes lorsqu'en CP elle n'osait pas encore la fermer à clef et obligeaient les filles, toutes les filles, à avoir besoin d'une copine qui vienne tenir la porte et faire la chienne de garde pour tout besoin pressant ; ou encore ce petit caïd qui, sûrement après avoir perdu un pari avec des potes, l'avait isolée dans un coin du couloir du lycée pour la peloter en lui susurrant de le suivre dans les toilettes et de lui tailler une pipe, puis, devant son refus, lui avait balancé au visage que, vu le « gros tas » qu'elle était, elle resterait vierge à tout jamais.

Le train ralentit. Le gars s'est levé maintenant, il semble avoir lâché prise. Enfin, on ne sait jamais, autant ne pas se réjouir trop vite. Il pourrait décider de revenir à la charge, se montrer agressif, vexé de s'être fait envoyer bouler. Le train arrive à quai. L'homme se tient à la barre. Les portes s'ouvrent. Il ne bouge pas. La sonnerie de départ retentit. Lucie en tremble pour la fille. Il sort, au moment où les portes se referment – en hurlant un « Tu sais pas ce que tu rates, salope ! », histoire d'avoir le dernier mot, d'affirmer sa virilité.

Lucie aurait aimé se montrer plus courageuse mais on ne lui a jamais appris à faire face. Elle connaît trop bien ce sentiment de se sentir acculée verbalement. Cela ne l'empêche pas d'en avoir marre, ras le bol de cette peur, de cette croyance qu'elle ne pourra qu'empirer les choses en agissant, en osant s'exprimer. Si le gars s'en était pris à elle, elle est sûre qu'elle serait plus ou moins restée muette ; pire, qu'elle aurait vu surgir dans son cerveau cinq minutes plus tard – cinq minutes trop tard – la phrase qu'elle aurait aimé lui balancer pour le refroidir : « Tu crois vraiment que c'est parce que je t'ai répondu par politesse et qu'on a échangé trois phrases qu'on va coucher ensemble ? Ça a marché combien de fois cette stratégie ? Il serait peut-être temps de te rendre compte que ta technique de drague est lourde et inefficace, non ? » Du répondant, voilà ce qu'elle voudrait. Une repartie bien musclée suffit parfois à calmer les ardeurs... Oui, elle aimerait bien pouvoir rentrer dans le lard de ce genre de petites frappes d'un verbe résolu et même, si nécessaire, d'une poigne assurée.

Cela lui rappelle que, petite, en CE1, elle avait voulu faire de la boxe, comme Élodie, l'une des surveillantes. Lucie l'admirait. Elle avait de beaux cheveux longs, bouclés, épais, lui tombant dans le dos, était douce avec les élèves, réglait les conflits avec équité et ne lui parlait pas comme à un bébé. Et puis, elle l'écoutait quand Lucie disait qu'elle trouvait ses copines nulles de jouer à « chat bisou ». Lucie, très motivée et en bonne groupie, avait donc demandé à ses parents de l'inscrire à ce sport de combat. Ils lui avaient ri au nez. Pas question que leur fille chérie aille se faire abîmer. Elle avait supplié. Non, trop violent et bestial, elle aurait mal, des bleus. Pire, le nez cassé, fracassé, déformé. Elle avait essayé d'argumenter. En vain. La boxe, ce n'était pas un sport de filles. Quelle direction aurait pris sa vie si elle avait appris à livrer combat sur le ring ?

Elle songe aux propos d'Ingrid, la prof de self-défense, qu'elle a rencontrée à la pendaison de crémaillère de Kamel : « La drague lourde, c'est moins de la séduction qu'un rapport de forces, on le sait bien. » Si elle suivait son cours, elle serait peut-être la prochaine fois en mesure de défendre une autre jeune fille, elle oserait intervenir, qui sait ?

Maintenant que le calme est revenu dans le wagon, la fille lève les yeux, soulagée, libérée. Lucie croise son regard. Sourire de connivence. C'est sa manière à elle de lui offrir une petite manifestation de soutien et lui signifier qu'elles sont dans le même bateau.

8

Cela fait un bon quart d'heure que Lucie est rentrée. Elle sent crier ses entrailles, probablement encore secouées par la scène du train, mais certainement aussi parce qu'il est quasiment 13 h 30 et qu'elle meurt de faim. Tout en grignotant un morceau de gruyère, elle met de suite l'eau à chauffer pour se préparer des pâtes rapidement, qu'elle agrémentera de fromage râpé. Pendant qu'elle les verse, elle se surprend à regarder sur le côté du paquet les proportions. A-t-elle les bonnes mesures en tête ? Oups, la casserole déborde. Pas grave, elle mettra le reste dans un tupperware. Elle enclenche la minuterie.

En attendant, elle se love dans son canapé, munie de l'un de ses carnets. Elle meurt d'envie de redécouvrir la gamine qu'elle a été, au fil des âges, mais hésite un instant : a-t-elle vraiment envie de lire les mots consciencieusement écrits de la petite Lucie, de revivre ses malheurs ? Allez, un peu de courage. Cette lecture l'aidera à avancer plus vite avec la psy. La Lucie qu'elle a été détient peut-être des secrets qu'elle a aujourd'hui oubliés et qu'elle doit faire resurgir si elle ne veut pas rester éternellement coincée au stade Pikachu. La pierre foudre est sans doute cachée dans ces journaux intimes. Elle en ouvre un au hasard. La date est inscrite et soulignée, comme à l'école : mardi 31 juillet 2001. L'été de ses 9 ans.

Plus jamais je ne retournerai en colo. Papa et maman ont dit que ça me ferait du bien d'être avec des enfants de mon âge et de découvrir de nouvelles activités. Franchement, j'aurais encore préféré rester seule à la maison. Ça fait quatre jours et pour l'instant je ne me suis fait aucune copine. À mon avis, ça ne va pas changer.

C'est aussi la faute des monos. Le premier soir, quand je suis allée en pyjama dans la salle de bains pour me laver les dents, Audrey a dit devant toutes les autres filles : « Oh, ma pauvre, tu ne te sens pas trop boudinée là-dedans ? » Elle aurait mieux fait de se taire. Maintenant, tout le monde me surnomme « gros boudin » ou « porcinet ». Les moniteurs, quand ils entendent les autres dire ça, ils les grondent mais je suis sûre qu'ils pensent pareil.

Le pire, ça a été à l'accrobranches avant-hier quand le harnais me rentrait dans les fesses. Gaspard a dit que je portais un string, que j'étais une petite cochonne et que c'était pour ça que j'avais demandé un deuxième hot-dog au pique-nique. Lui, heureusement, il a été puni : il a été de corvée de vaisselle deux soirs de suite.

Je déteste Gaspard. Je déteste Audrey. Je déteste surtout ce pyjama qui est trop serré mais maman n'en a mis qu'un seul dans ma valise. Je les déteste tous. Ils sont vraiment méchants. Je ne retournerai jamais en colo.

Lucie referme le cahier. Elle avait complètement occulté ce souvenir honteux qui avait transformé son pyjama préféré, tout doux et blanc rosé, en vêtement honni. Avant la colo, elle s'y sentait si bien, l'impression d'avoir une fourrure duveteuse d'ours polaire la protégeant du froid nocturne et des cauchemars. D'ailleurs, il y avait au niveau du sternum un joli nuage, sous lequel était écrit « Fais de beaux rêves ». Au retour de ce séjour, si elle n'avait pas été une petite fille si sage, elle l'aurait jeté dans la poubelle. Direct. Elle s'était juste débrouillée pour ne plus jamais devoir l'enfiler, optant discrètement pour d'autres pyjamas et chemises de nuit.

Lucie se redresse et fait les cent pas dans son petit appartement. Les images du passé déferlent dans son crâne. Quelques mois après, Valérie lui avait demandé où était passé ce pyjama-doudou. Elle avait répondu, en espérant que sa gêne ne se voie pas, qu'il était trop petit. Un demi-mensonge. Elle grandissait beaucoup. Elle avait peut-être pris des kilos aussi. Lucie décide de vérifier cela plus tard dans son carnet de santé, là où ses parents ont soigneusement consigné par de petites croix régulières sa courbe poids-taille. En tout cas, Valérie n'avait pas paru étonnée et n'avait pas non plus cherché à vérifier qu'elle disait vrai. Elle s'était emparée du pyjama et l'avait déposé dans le sac de vêtements à donner.

Ce souvenir n'est vraiment pas agréable. Pas plus que la vision de ses parents aujourd'hui. Son enthousiasme après sa séance de psy a disparu. L'eau bout pendant que le pyjama-boudin continue de tressauter dans son cerveau. C'est incroyable qu'elle ait complètement oublié cette histoire de colonie de vacances. Elle se souvient que c'est à partir de cet été-là qu'elle a réclamé de se doucher le matin, soi-disant pour faire comme les grands. La manœuvre était passée inaperçue. C'était le mois d'août : il avait suffi de raconter qu'elle transpirait la nuit, qu'elle avait besoin de se sentir propre. L'argument avait fait mouche. Pas de questions sur son arrivée au petit déjeuner tout habillée.

Même à la rentrée, elle avait arrêté de se balader en pyjama, à part en vitesse dans le couloir juste après le passage de son père dans la salle de bains. Quelques années plus tard, le soir, à l'époque où elle avait eu des bagues aux dents, il lui était arrivé de mettre son appareil de nuit alors qu'elle portait toujours ses vêtements de la journée.

— Lulu, tu devrais mettre ton pyjama d'abord, la réprimandait sa mère. Comment tu penses pouvoir enlever ton pull et ton T-shirt avec ce métal qui te sort de la bouche ? Tu vas élargir et abîmer le col, me faire un accroc, j'en suis sûre.

Lucie promettait qu'elle enlèverait l'appareil avant de se déshabiller et le réinstallerait une fois en pyjama. Elle s'en sortait en arguant qu'elle ne s'était pas encore lavé les dents. Et qu'il valait mieux garder l'appareil le plus longtemps possible, même entre le goûter et le dîner, c'est ce que l'orthodontiste avait dit, elle comptait bien respecter à la lettre ses consignes.

Ce qui est fou, c'est que, encore aujourd'hui, elle se change toujours pile au moment d'aller se coucher, après s'être lavé les dents, nettoyé le visage et avoir été aux toilettes. Le pyjama, elle le porte juste entre les draps et lors du chemin matinal lit-salle d'eau. Et dire que cette manie est partie d'une réflexion malheureuse émise par une monitrice à l'été 2001. C'est incroyable quand on y pense.

En feuilletant la suite du cahier-journal, Lucie aperçoit de plus en plus de chiffres entre les paragraphes : son poids. C'est vrai, elle se le rappelle maintenant, après la colo, elle avait pris cette habitude, c'était devenu partie intégrante du nouveau rituel matinal : se peser, noter l'évolution kilogrammée avec minutie, maniaquerie même. 34,2 puis 34,3 puis 34,5 puis 35,1 puis 35,7. Son fardeau à porter. Son boulet. Qu'est-ce que ces montants lui semblent dérisoires maintenant, en comparaison de ses 90 kilos actuels !

Assise sur son canapé dans son salon, l'assiette sur les genoux, elle engloutit ses pâtes au fromage sans joie. Sa soirée est plombée. Exactement ce qu'elle craignait en ouvrant le carnet tout à l'heure. Elle s'approche de la fenêtre avec l'espoir d'apercevoir le voisin ; le sourire de Kamel, voilà qui relèverait la saveur de cette journée. Raté : nuit noire de ce côté. Allez, il faut voir le positif. Ces cahiers peuvent aussi, en revisitant la mémoire du passé, l'aider à redécouvrir de bons souvenirs. Et puis, ces vestiges enfouis, s'ils sont désagréables, ont au moins le mérite de lui apporter un éclairage bien frais sur des sensations qu'elle pensait nées avec elle, ou du moins ses kilos. Qu'elle arrête de faire la fine bouche : son moi de 9 ans relu par son moi de 25 ans a certainement des choses à lui apprendre. Une pointe d'espoir s'instille sous son palais en même temps qu'une feuille de basilic.

9

Jeudi matin. Réveil perçant, lumière stridente. Paupières encore collées, lever mollasson. Douche rapide, jet froid sur la fin, frisson au niveau du ventre. Lucie peine à émerger. Son corps n'a qu'une envie : se refourrer sous la couette. La première semaine de la rentrée lui fait toujours cet effet. Elle a beau avoir épluché les listes des élèves, elle ne les connaît pas tous et craint de se retrouver en difficulté face à certains. Jeune, femme et en surpoids, elle cumule. Malgré ce fond d'inquiétude, elle bouillonne d'énergie. Par exemple, elle se réjouit d'avoir de nouveau dans sa classe de 4e C la brillante Clara, toujours la main levée, elle qui était si timide à son entrée en 6e. « Très bon niveau à l'écrit. Il ne faut pas hésiter à participer davantage à l'oral, c'est un cours de langue vivante ! » avait-elle écrit sur son bulletin trimestriel. Elle s'amuse aussi de voir dans la classe de 3e F le turbulent Mathis, qui a l'air d'avoir pris une tête pendant les grandes vacances. Il s'est peut-être assagi. Elle est également curieuse de découvrir la personnalité de Nathan, en 5e B. C'est le petit frère de Chloé, l'une de ses élèves préférées de 3e il y a deux ans. Sourire aux lèvres, Lucie avale ses tartines de pain grillé, recouvertes de beurre et confiture de mûres. Elle apprécie ces douceurs du matin. Rien de mieux pour l'aider à s'éveiller.

Un bip vient interrompre la BBC en fond sonore. Encore un texto de Jules. Décidément, en ce moment, il n'arrête pas. « Ça va ? Pas trop dur la rentrée ? » Elle répond par un emoji : pouce et index rejoints qui forment un cercle. Jules réplique : « T'as monté ton vélo ? » Évidemment, il n'en est rien. Le carton trône toujours au milieu du salon. Elle respire profondément. « Non, pas eu le temps », se défend-elle. Elle ajoute un emoji contrit et envoie. En vrai, Lucie n'a aucune envie de le déballer et de monter l'encombrant mastodonte. Encore moins de pédaler, surtout pour aller nulle part.

La radio britannique annonce l'heure : « *It's 6 o'clock.* » Donc 7 heures, à Plaisir, chez elle. Il faut qu'elle s'active car elle doit être partie à 7 h 10 pétantes pour attraper le bus de 7 h 17 et arriver au collège un peu avant 7 h 40. Elle engloutit son bol, racle avec sa cuillère la poudre chocolatée agglutinée au fond, ingurgite le reste de son jus d'orange sanguine. Hop, dans l'évier, avec un peu d'eau pour faciliter la vaisselle ce soir. Direction la salle de bains, pour l'opération brossage de dents, un dernier coup de peigne, un peu de mascara, de crayon noir. Elle est prête. Son sac de cours est préparé depuis la veille au soir. Elle enfile ses ballerines et une veste au-dessus de son gilet. Le temps est nuageux et la météo a annoncé une petite quinzaine de degrés. C'est bon, elle est parée. Elle claque la porte et se hâte pour ne pas rater son bus.

Quand elle en descend, à deux pas du collège, elle repère un petit groupe d'élèves de 3e en train de tirer sur une clope à tour de rôle. Ils ont l'air un peu gênés en l'apercevant. Aïe, elle craint de renifler l'odeur du shit. Elle approche, ça sent la cigarette. Ouf, c'est déjà ça ! Elle se dit qu'elle devrait leur faire la morale quand même, ils sont tous mineurs. Mais elle ne s'estime pas légitime. Si elle a distingué la tignasse de Mathis, elle connaît seulement de vue les trois autres. Elle leur adresse donc un signe de tête sévère comme pour dire « Je vous ai remarqués, vous savez ce que j'en pense ». Elle a à peine esquissé quelques pas qu'elle les entend s'esclaffer et parler de plus en plus fort : « Putain, cette année, j'ai le seum, j'me la tape encore cette grosse vache ! » C'est la voix mi-rauque mi-perçante de Mathis.

Comme un poignard dans son dos. Les rires hilares qui suivent lui cognent le crâne. Son cœur vibre jusque dans ses tympans, ses oreilles bourdonnent mais elle discerne nettement la teneur de leur conversation :

— Hein ? Tu te la tapes ? Oh, le cochon !

— Ah, non... Dégueulasse ! crie Mathis. C'est ma prof principale, elle est trop relou, j'te jure.

— Genre t'as du mal à respirer, elle t'étouffe sous ses bourrelets, hein ?

— Wesh, les mecs, y a quand même grave un avantage à coucher avec ce boudin : la branlette espagnole ! Avec des seins comme ça...

Hurlements de rires gras. Lucie se force à ne pas se retourner : si elle évite leurs regards, elle oubliera peut-être plus facilement l'incident. Pas vue, pas touchée. Faire l'autruche, c'est ce qu'elle a de mieux à faire. Elle s'efforce d'avancer comme si de rien n'était jusqu'à l'entrée des profs. Ses jambes sont lourdes, tétanisées. Allez, se force-t-elle, un pas devant l'autre, un pas après l'autre. Allez. Il est hors de question qu'elle avoue qu'ils l'ont blessée. Elle devrait faire demi-tour, leur expliquer qu'on ne lâche pas des remarques sur le physique des gens comme ça, impunément. Elle devrait saisir leurs carnets, juste pour noter leurs noms à tous et ensuite évoquer l'épisode à la hiérarchie. Ou alors elle devrait carrément exiger qu'ils l'accompagnent, maintenant, tout de suite, jusqu'au bureau de la CPE. Mais il faudrait répéter le dialogue, consigner leur venin. Le revivre en somme et prendre le risque d'être de nouveau infectée par leurs mots. Elle ne peut pas. C'est au-dessus de ses forces. Elle ne veut pas. Ce serait s'exposer une nouvelle fois et avouer en public que leurs remarques l'ont atteinte.

Et puis, au fond, elle est d'accord avec eux. Ça la désespère que sa silhouette la définisse mais elle n'en est pas moins une « grosse vache », comme ils le disent, ces petits vauriens. Elle a l'impression de revivre ce cauchemar, celui où elle se rendait compte au beau milieu de la rue qu'elle était sortie de chez elle en pyjama. Dans un pyjama trop serré qui la saucissonnait, lui comprimait les côtes, comme quand on a une vive envie de pleurer. La honte ! Elle a du mal à respirer. Bien fait. Oui, c'est normal. Elle devrait avoir honte de ressembler à un boudin. Un gros boudin. Dégueu. Même pas bon à consommer. Elle se déteste.

Prendre la clef de la salle, placer ses élèves en rang par deux, monter les escaliers, elle agit machinalement, sans réfléchir. Elle se sent comme sur un nuage, sauf que c'est un cumulonimbus qui l'enveloppe de sa noirceur. La sonnerie de 8 heures retentit. Ses mignons élèves de 6e, pas encore habitués au fonctionnement du collège, sont assis devant elle, en train de déballer craintivement leurs sacs. Certains ont encore la marque de l'oreiller, les cheveux en bataille. Il lui faut faire cours. Même s'il grêle sur son cœur. Ne pas se laisser abattre.

Elle entame la leçon en écrivant la date au tableau, en anglais. *Thursday, September 7th 2017*. Ensuite, ils répètent les jours de la semaine, les mois, les chiffres jusqu'à dix. Qu'est-ce qu'il fait chaud ! La salle n'est pourtant pas étouffante. Le soleil, caché derrière les nuages, ne tape pas fort. Il lui suffirait d'ôter son gilet. Trop tard. Elle sent les perles de sueur huiler entre ses seins. Une constellation de petites taches doit décorer son chemisier maintenant. Plus elle y pense, plus elle a l'impression que la marque s'élargit, comme des gouttes de pluie qui cherchent à se rejoindre sur une vitre. Les élèves ne peuvent pas ne pas l'avoir remarqué. La grosse prof d'anglais qui sue à grosses gouttes. La honte, encore une fois. Elle boutonne son gilet. Elle n'a pas le choix, quand bien même elle est en train de mijoter au bain-marie. Elle doit bouillir en silence, à l'image d'un homard rougeaud. Vivement que ce cours, cette matinée, cette journée, même, se terminent. Fichue vie.

Lorsque la sonnerie retentit, Lucie fonce aux toilettes. Elle a cinq minutes avant que les 5e se rangent dans le couloir. Vite, une fois dans le box, elle déroule le papier toilette, l'enroule autour de sa main et s'essuie la poitrine et les aisselles. Elle pousse un soupir de soulagement. Son chemisier est trempé, baigné de sueur, imbibé de gêne. Le côté positif, c'est qu'il ne sent pas mauvais. Il est même imprégné de son huile de corps parfumée. Ça la rassure. Elle referme soigneusement son gilet, le temps que son corsage sèche et se passe un petit coup d'eau fraîche au lavabo sur le front et dans la nuque. Elle retient ses cheveux tant bien que mal avec une pince pour laisser respirer son cou. Elle va maintenant pouvoir reprendre les cours avec davantage de sérénité.

À midi, elle est éreintée. En prenant la direction de la cantine, elle traverse le réfectoire où s'agitent les élèves : elle passe à côté de Nathan, le voit fixer avec désespoir le chiffre au fond de son verre. À lui la lourde tâche d'aller remplir le broc d'eau. Elle ouvre la porte vitrée de la salle dédiée aux adultes, il y a une place libre en bout de table, à gauche de Nathalie, une prof de physique-chimie toujours enthousiaste et un peu plus âgée qu'elle. Lucie l'apprécie, elle et son énergie contagieuse. Chaque année, sa collègue est partante pour organiser des sorties scolaires à la Cité des sciences. Elle aime montrer aux élèves les applications concrètes des formules qu'ils apprennent sur leurs paillasses. Eux apprécient ces sorties qui les aident à mémoriser les cours et à moins hésiter durant les contrôles. Nathalie lui fait signe de la main de se joindre au groupe. En face d'elle, se tient Hugues, le prof de techno, et à sa gauche Fiona, une prof d'arts plastiques passionnée, vers laquelle les regards et les oreilles de l'ensemble de la tablée sont tournés. Des gens plutôt sympathiques en général.

Lucie, son plateau en main, s'approche d'eux et le niveau sonore baisse soudainement d'un ton. Fiona termine sa phrase en chuchotant presque : « C'est vraiment une appli géniale, je m'en sers à tous les repas maintenant. » Un ange passe. Lucie comprend. Ses collègues doivent parler régime et calories et n'osent pas continuer en sa présence. C'est un peu comme parler à quelqu'un de course à pied alors qu'il circule en fauteuil roulant. Elle sait bien qu'à leurs yeux son poids est un fardeau. Un handicap. Une maladie. Une affection gênante. Une honte aussi.

— Assieds-toi, Lucie, je t'ai gardé une place, lui signale Nathalie, en désignant la chaise à sa gauche.

— Merci, Nath, c'est sympa. Salut, tout le monde !

Elle entame son entrée en silence. Le jaune de l'œuf dur est à peine coloré ; aucun intérêt en bouche. La mayonnaise industrielle, elle, a un arrière-goût acide. Elle aimerait bien agrémenter ce repas en collectivité d'un sujet de conversation délectable. Rien ne lui vient. Elle ne va pas leur conter ses mésaventures de la matinée. Au bout d'une minute et quelques de mastication, la curiosité finit par être plus forte et c'est Hugues qui craque le premier en tendant vers Fiona son assiette où fume une grosse part de lasagnes.

— Alors, c'est combien de calories ce plat d'après ton appli ?

— T'as vraiment envie de savoir ? rigole Fiona, son portable en main, prête à photographier les lasagnes.

— Nan, mais vous savez bien que tout ça, c'est des conneries, intervient Annie, une collègue de SVT, assise face à Fiona.

— Ça doit être ton côté vieux jeu… Tu ne fais pas confiance à la technologie, c'est ça ? s'amuse Hugues, un sourire ironique aux lèvres.

— Parce que, toi, ça t'amuse de voir fleurir des applications qui mesurent tout et n'importe quoi ? rétorque Annie du tac au tac. Vous vous rendez compte que vous leur fournissez des tas de données personnelles ? Perso, ça me fait pas rigoler du tout quand je vois nos élèves s'extasier devant une appli qui permet de faire des selfies où on paraît jusqu'à 7 kilos de moins ! Un bel usage des algorithmes, hein ? Pour moi, ton appli, Fiona, désolée, mais elle est à ranger dans le même sac : elle te vend un meilleur toi-même et te déconnecte de la réalité.

Fiona se vexe :

— Mais ça n'a rien à voir. Moi, cette appli, elle m'aide. Ça me permet de prendre conscience des aliments que j'ingère et de changer mon rapport à la nourriture…

— Ah ça, pour changer ton rapport à la nourriture, ça va le changer, la coupe Annie, catégorique. Tu vas devenir obsessionnelle du comptage calorique. Tu parles d'un rapport sain avec la nourriture. Manger, ce n'est pas uniquement combler des besoins caloriques en les listant et en les cochant un par un. Sinon, on se nourrirait tous par intraveineuse ou avec des gélules et fini le moment du repas.

— Ce n'est pas du tout ce que je voulais dire, proteste Fiona.

— Ton appli-miracle, ma cocotte, c'est du bidon. Ne me dis pas que tu passes ton temps à photographier chaque aliment que tu t'apprêtes à manger ! C'est n'importe quoi, poursuit Annie, d'un ton sans appel. Je ne vois pas où est le plaisir là-dedans, on ne voit plus que les interdits.

— Alors, tu conseilles quoi ? D'en revenir au bon vieux régime ?

— Ah ça, surtout pas, c'est totalement contre-productif : à terme, on ne fait que prendre du poids. Et je parle d'expérience : quand j'étais jeune, je faisais un régime chaque printemps pour pouvoir oser m'afficher en maillot de bain.

— En maillot de bain ? Mais ce n'est pas toi qui vantais les mérites des clubs naturistes l'autre jour ? l'asticote Hugues.

— Oui, eh bien, j'étais encore jeune et prude à l'époque… rétorque la doyenne avec espièglerie. Eh bien, tu sais quoi ? Chaque année, belote et re-boulotte, je reprenais le poids que j'avais perdu l'été. Pourquoi, à ton avis ?

— Parce que, à l'époque, il y avait vraiment des saisons et des hivers rudes et qu'il fallait te protéger du froid sous une couche de graisse, la taquine le jeune prof de techno.

— Dis donc, ça t'arrive de rester sérieux ? Je date quand même pas de l'âge glaciaire ! commence à s'énerver Annie. Je reprenais des kilos parce que c'est sur cette pente ascendante que te conduisent les régimes à la longue. Tu te prives un temps, tu maigris, tu te réjouis de voir les chiffres descendre sur la balance, maintenant sur ton appli, tout le monde te complimente pour ta bonne mine. « Mais dis donc, tu n'aurais pas perdu du poids ? Oh, comme ça te va bien, ça met en valeur ton visage ! » Blablabla. Le souci, c'est qu'il y a bien un moment où tu dois de nouveau te nourrir. Tu ne peux pas te restreindre à vie ! Et comme ton corps n'y comprend plus rien, que tu ne sais plus reconnaître quand tu as faim ou non, tu manges plus que de raison. Forcément, tu regrossis.

— Élémentaire, mon cher Watson, déclare Hugues qui lui tire son chapeau. Frustration rime avec transgression !

Depuis un moment, Lucie écoute sans mot dire. La gorge nouée, plus rien ne passe. Elle n'a qu'une crainte, qu'on finisse par lui demander « Et toi ? Qu'est-ce que tu en penses ? ». Sous-entendu « toi qui es grosse ». Elle ne peut pas traverser une journée sans qu'on lui renvoie son poids à la face. Ce matin avec Mathis, c'était carrément violent ; là, c'est insidieux. Elle ne sait pas ce qui est pire. Il est urgent que la psy lui signe l'autorisation et qu'elle puisse faire cette opération. Et le plus vite possible. Elle va revoir ses priorités. Plus question de se sacrifier : sa révolution personnelle, elle n'attendra pas les grandes vacances pour la planifier. Elle d'abord, ses élèves après.

Les ricanements de Hugues la tirent de ses pensées. Autour d'elle, on discute toujours régime.

— C'est du délire ! se récrie son jeune collègue. Du pamplemousse à tous les repas ?

— Oui, parce que c'était censé brûler les graisses, assure Annie. Un régime très tendance mais qui m'a rendue toute mollassonne. J'aurais dû m'en douter, ceci dit. Rien que le nom te mettait l'eau à la bouche : le Beverly Hills. Sauf que, moi, j'étais persuadée que j'allais ressembler à une starlette de Hollywood. Évidemment, vous vous en doutez, je ne me suis pas transformée en pin-up ! Mais vous savez désormais pourquoi j'ai un peu de mal avec les demi-pamplemousses de la cantine.

— Tu m'étonnes ! opine Hugues.

— Attends, attends, s'immisce Fiona. Il y a aussi eu un régime hyper à la mode, ma mère le suivait quand j'étais petite, celui avec les œufs durs.

— Oui, le régime Mayo, confirme Annie. Et pas Mayo, comme mayonnaise… Testé, désapprouvé !

— Ne me dis pas que, là aussi, c'était à chaque repas ? s'épouvante Hugues.

— À ton avis… Six par jour, si je me souviens bien. Et, avec ça, il fallait boire seulement du thé et du café. J'avais le cœur qui battait à tout rompre. Pas de gras, pas de féculents, pas de laitages. J'étais faiblarde, je n'ai pas réussi à tenir plus d'une semaine, je crois.

Lucie affiche un sourire de façade. À l'intérieur, elle n'en mène pas large. Elle se revoit tester les régimes en vogue, dès l'adolescence. En primaire, elle avait bien essayé de s'astreindre à une alimentation plus légère pour faire plaisir à sa mère, mais les surveillants à la cantine lui faisaient les gros yeux si elle ne terminait pas son assiette. Heureusement, au collège, il y avait le self. Libération ! Personne ne lui forçait la main pour prendre une entrée, encore moins un dessert, même si c'était tentant de préférer l'éclair au chocolat étincelant à la banale pomme. Finir son plat ? Pas obligé non plus. Elle reposait son plateau l'assiette à moitié pleine. Une once de gêne face aux silencieuses dames de service qui allaient jeter les restes, elle ne voulait pas qu'on la prenne pour quelqu'un de mal élevé. Mais l'objectif en valait la peine : la poubelle plutôt que ses fesses et son ventre.

Pendant la journée, elle faisait de son mieux mais finissait toujours par craquer. Par glisser ses pièces de monnaie à la pause dans la fente du distributeur automatique. Dépenser son argent de poche, engranger des calories. L'inverse de son projet initial. À chaque écart, sa meilleure copine revenait : la culpabilité. Preuve de son manque de volonté. Elle était faible, de corps et d'esprit, incapable de s'imposer des privations… Affamée, en état d'hypoglycémie, elle finissait toujours par suivre la pente glissante, qui l'entraînait vers une cannette de soda ou une barre énergétique caramélo-chocolatée. À la maison aussi, sa mère, avec une tête de BN au rictus inversé, le lui faisait bien comprendre en s'écriant qu'il manquait dans le placard un paquet de Petit- Beurre ou de Petit Écolier et qu'elle devrait se priver de pain et de fromage au dîner.

Annie a beau témoigner de ses propres errances et du caractère illusoire des régimes, Lucie lui en veut de badiner avec un tel sujet. Pour ses collègues, ce moment de discussion est un amusement, une bagatelle ; pour elle, c'est encore un supplice de se remémorer tous les régimes qu'elle a laborieusement essayés. Elle a l'impression qu'ils ignorent ses tourments, comme si son vécu était insignifiant, méprisable. Pour elle, c'est une pression permanente. Les entendre discuter de la sorte l'isole gravement. Elle se retranche au fin fond d'elle-même. Maintenant, ils désapprouvent à grands cris le « régime coton », celui qui consiste à avaler une boule de duvet soyeux trempée au préalable dans du jus de fruit ou de l'eau, pour qu'elle se gonfle et forme un coupe-faim. Lucie est sûre qu'adolescente elle aurait tenté le diable cotonneux mais n'en dit mot. Elle ravale sa salive, mâche sans conviction ses lasagnes, tièdes et fadasses. Elle se calfeutre en elle-même, pour ne pas être blessée par les éclats de rire sonores de Hugues, qui résonnent comme des coups de couteau intercostaux, et la liste sans fin des régimes expérimentés par la tablée, coups de marteau tassant peu à peu ses épaules voûtées.

Bloquée dans un ouragan cauchemardesque, elle subit de plein fouet la loi de Murphy : comme la tranche de pain qui s'écrase forcément côté confiture, elle est persuadée qu'elle continuera de s'en prendre plein sa face joufflue. Elle embarque sa pomme grumeleuse aussi pourrie gustativement que ce premier jeudi de rentrée. Évacuation : en route vers les petits monstres, qu'elle est maintenant presque heureuse de retrouver.

10

17 h 30, annonce le gargouillement de la sonnerie de l'école. Cette fin de journée a un goût de délivrance. Lucie a survécu à son premier jeudi de la rentrée. Elle s'assied dans le fond du bus. D'habitude, elle cherche une place tranquille pour pouvoir bouquiner à l'aise. Là, elle veut juste poser ses fesses quelque part, mettre son cerveau sur pause. Elle a mal aux pieds à force d'avoir été debout toute la journée, elle a mal au cœur, entre nausées, secousses palpitantes et lourdeur plombante. Surtout, elle a perdu sa belle énergie matinale. Durant le déjeuner, aucun de ses collègues n'a réalisé qu'elle n'avait pas ouvert la bouche du repas. Elle qui croyait avoir des alliés, des gens avec qui partager ses déconvenues face aux élèves, avec qui les analyser pour trouver des remèdes, elle n'a pas d'autre choix que de garder pour elle ses mésaventures dues à son poids. Elle se sent seule au monde. Incapable de tenir tête à des collégiens qui la traitent de « grosse vache », incapable de ne pas se liquéfier au moindre stress devant ses élèves, incapable d'avouer aux autres profs que suivre régime sur régime n'a rien de drôle. Incapable de s'affirmer. Cette première semaine de rentrée n'est pas des plus réussies.

Enfin, elle arrive. Alors qu'elle ouvre sa boîte aux lettres, elle entend des pas dévaler l'escalier, la porte du hall de l'entrée s'ouvre, suivie d'un bonjour resplendissant. Voilà Kamel et sa voix veloutée reconnaissable entre toutes. C'est du miel. Cette journée n'est pas intégralement ratée tout compte fait. Elle se retourne, son courrier à la main, le cœur qui bat jusque dans les doigts.

— Ça fait longtemps, dis donc. Je pensais que j'aurais le plaisir de te croiser au centre social.

— Ah oui ?

— Ben oui, Ingrid et Blandine m'ont dit qu'elles te l'avaient bien vendu.

— C'est vrai, elles ont vendu du rêve, un mix insolite de yoga et de self-défense, plaisante avec légèreté Lucie.

— Héhé, c'est clair que ça ne court pas les rues, reprend Kamel, avec son éternel sourire fixé aux lèvres. Tu n'as pas eu le temps de venir, j'imagine ?

— La rentrée, répond-elle en haussant les épaules.

— Ah oui, je ne sais pas comment j'ai fait pour oublier. Forcément, tout ton monde ne tourne pas autour du centre.

« Non, mais il tourne un peu autour de toi », estime Lucie, émoustillée par son regard enjôleur. Si elle parle, elle va bégayer, c'est sûr. Elle le dévisage en acquiesçant et en attendant la suite.

— J'avoue, je te dis ça de manière un peu intéressée, continue-t-il sur le même ton charmeur.

Quoi ? Quoi ? Lucie a peur de faire une syncope. Elle ne rêve pas, il est en train de flirter. Avec elle. Pour de bon. Pour de vrai. Il faut qu'elle se ressaisisse. Qu'elle ne montre pas son trouble. Il va la prendre pour une gamine sinon. Pas question de tout faire capoter.

— Comment ça ? bredouille-t-elle malgré elle.

Elle est sûre d'avoir rougi, a envie de se mettre des claques.

— Bien sûr, tu peux venir au centre pour aller à des séances d'essai et tester les cours de Blandine ou d'Ingrid ou même ceux d'autres collègues. Il y a plein de choix, vraiment. Tu trouveras chaussure à ton pied, obligé. Il y aura le forum des assos bientôt, je te donnerai les infos avec les horaires. Mais…

— Mais ?

— Tu peux aussi venir pour une autre raison et t'investir autrement.

Lucie en a le souffle coupé.

— J'ai besoin d'une nana comme toi ! s'exclame Kamel d'une traite. Enfin, le centre a besoin d'une nana comme toi, qui parle anglais, qui sait gérer des groupes, ajoute-t-il un peu plus sérieusement, les prunelles néanmoins fixées dans les siennes. Bon, je ne vais pas te demander de te décider maintenant, ne t'inquiète pas, je te laisse réfléchir. Franchement, je ne veux vraiment pas te forcer la main, mais enfin, quoi, ce serait cool de t'avoir dans la bande. Les cours du soir pour adultes fonctionnent pas mal, on a une équipe de bénévoles très chouette, mais bon, j'aime pas critiquer les gens avec qui je travaille, ils sont très motivés, et puis ce n'est pas leur boulot, ils le font sur leur temps perso… Mais ça manque un peu de professionnalisme par moments, de rigueur, quoi. Et comme on n'a personne en anglais, j'ai pensé à toi ! Au moins, viens au forum des assos, hein ? Tu verras par toi-même si tu as envie de plus t'investir. D'acc ?

— OK, balbutie Lucie, guère capable de plus, submergée par l'émotion.

— Promis ?

— Promis.

— Super ! Si tu es partante, on ne va plus se quitter, conclut-il en lui adressant un clin d'œil. Allez, *ciao*.

Kamel lui plaque un gros baiser appuyé sur la joue droite puis se dirige vers la sortie. Lucie reste plantée dans le hall encore quelques minutes, la bouche aussi ouverte que sa boîte aux lettres. Il y a un espoir. Oui. Elle y croit. Enfin un mec qui la regarde, elle, telle qu'elle est, qui va au-delà de son apparence et voit aussi ce qu'elle a dans le ciboulot. Bon, c'est vrai, il ne lui a pas dit textuellement qu'il s'intéressait à elle en vue d'une relation amoureuse, mais quand même, le message était clair, non ? Ça sautait aux yeux ! C'est toujours lui qui vient vers elle, elle n'a jamais besoin d'essayer de capter son attention. Comme c'est bon de planer. À quand remonte la dernière fois où elle a été amoureuse ? L'a-t-elle déjà vraiment été au moins ? Son dernier vrai copain, elle l'aimait bien sans être folle de lui. Ils passaient plus de temps à préparer le Capes qu'à vraiment profiter de leur présence mutuelle, au point qu'elle avait presque été soulagée quand il avait rompu. Elle avait réalisé qu'elle était restée avec lui par habitude, pour montrer à ses parents qu'elle avait un mec, les rassurer, se rassurer aussi.

Là, Kamel ne l'a pas conviée à sa crémaillère avec un objectif en tête, comme cet autre gars sur lequel elle avait flashé en classe de Seconde mais qui avait profité de sa naïveté : il ne cherchait qu'à tirer parti de sa capacité de travail pour récolter de bonnes notes aux travaux de groupe. Ou alors c'est son attirance pour Kamel qui lui brouille la vue ? Peut-être bien. Peut-être qu'elle a tout surinterprété. Ce n'est pas qu'une relation de bon voisinage, c'est sûr. Évident, même. Mais peut-être qu'il n'a jamais été non plus question de séduction. Kamel est du genre à sourire tout le temps. Autant aux autres qu'à elle. Elle l'a vu à la crémaillère. Et puis ses collègues ne le surnomment sans doute pas Kaméléon sans raison : au fond, il a peut-être juste voulu l'amadouer pour avoir une voisine qui récupérera son courrier quand il partira en vacances et, quand il a su qu'elle était prof, il a insisté pour l'attirer dans les filets du bénévolat. « Retombe sur Terre, hein, t'emballe pas. Ce joli sourire, c'est peut-être juste une seconde nature… »

Il doit bien l'apprécier quand même, il n'agit pas de même avec tous les voisins : elle était la seule à être invitée à sa soirée. Reste qu'elle va encore finir dans le rôle de la bonne copine, elle le sent gros comme ça. Il l'aimera fraternellement, comme une petite sœur. Le coup classique. On lui a trop fait, tant et tant de fois. Et, depuis, elle a encore grossi, ça ne va pas l'aider. Il se confiera sur ses conquêtes sans un instant penser qu'elle pourrait en être blessée, parce qu'il ne l'aura jamais envisagée comme une femme. Soupirs.

À moins qu'elle ait quand même une carte à jouer ? En lui faisant subtilement comprendre que leur bonne entente peut aller au-delà des sourires. Allez, même si rien n'est gagné, tout n'est pas encore perdu. Oubliés ou presque l'humiliation des morveux de la matinée ainsi que le malaise gorge serrée de la cantine. « Kamel, il est à croquer. Il m'ouvre grand l'appétit. » Lucie retrouve enfin le sourire en montant les escaliers à petits pas. Elle ne sait pas trop vers quoi elle va mais elle y va !

11

Ce mardi a été interminable. Les élèves de 3e F, Mathis en tête, se sont comportés de manière dissipée. Il a fallu les menacer : rien de tel qu'un devoir maison impromptu à rendre pour vendredi pour qu'ils se taisent enfin. Lucie a mal au crâne et aimerait rentrer directement chez elle, se flanquer bêtement sur son canapé, mater un épisode d'une série comique. En français, pour ne pas avoir l'impression d'encore et toujours travailler. *Fais pas ci, fais pas ça*, par exemple. Pour se changer les idées.

Mais elle n'est pas près de se poser : en cette fin d'après-midi, elle a rendez-vous chez l'ophtalmo. Bon, au moins, rien à voir avec le dentiste. Ça, elle n'aime pas. Elle y va à reculons. Pas tant pour le détartrage et la sensation buccale plâtreuse qui s'ensuit, c'est désagréable, oui, mais moins pesant que de s'allonger sur la table d'examen, coincée entre les accoudoirs, avec Monsieur le Docteur qui la regarde de haut, les mâchoires serrées, comme si le dossier de la chaise allait se dégonder et qu'elle allait lui casser son matériel. Elle sent que le corps médical la jauge.

À chaque fois qu'elle doit s'asseoir sur une table d'examen, elle aussi craint que la table s'effondre. Elle a beau se dire qu'avec ses 90 kilos il n'y a aucun risque, que bon nombre d'hommes font un poids similaire, voire plus, elle a quand même peur. Toujours l'angoisse d'être la grosse goutte qui fait déborder le vase. Elle craint de ne pas réussir à échapper à la pesanteur, s'imagine que, d'un coup d'un seul, le dossier va s'écrouler, tomber au sol.

Et elle le sait bien que les objets peuvent céder sous son poids. Une fois, au collège, l'estrade de son groupe de théâtre s'était disloquée juste avant la représentation de fin d'année. Et, surtout, juste après son passage à elle, pendant la répétition d'une scène. Une de ses camarades avait plongé avec les tréteaux et la planche de bois. Elle avait mis les mains en avant pour se rattraper et amortir sa chute. Mais le mur était coudé et son avant-bras avait cogné brutalement la saillie en angle droit. Cri de douleur, gros bleu. Lucie revoit encore les larmes sur les joues de la pauvre Delphine, qui grimaçait en se tenant le bras tuméfié mais insistait pour que le spectacle ne soit pas annulé : elle en était sûre, elle n'avait pas de fracture, le douloureux élancement allait se dissiper.

Lucie avait d'abord été peinée pour Delphine. Elle l'avait ensuite admirée pour sa ténacité, le combat théâtral qu'elle s'apprêtait à mener en dépit de sa blessure. La jeune comédienne était prête à surmonter son supplice. À assurer. Pour rester soudés. Ils avaient tous tellement bossé pour apprendre leurs répliques et jouer ces quelques extraits de *Cinq filles couleur pêche*. Puis elle avait vu Sarah et Margot chuchoter en l'observant et s'était doutée de ce que tout le monde pensait : c'était elle, la boulotte, qui avait provoqué par son surpoids l'énorme boulette, la catastrophe. Les applaudissements n'y avaient rien changé. Seul restait depuis, imprimé au fer rouge, le malaise ressenti.

Elle sonne, la boule au ventre, puis entre dans le cabinet médical tout en se fustigeant de toujours ressasser le passé. Dans la salle d'attente, elle lance un « Bonjour » à la volée aux autres patients. Elle se demande qui a rendez-vous avec qui. Ce n'est pas parce que l'homme face à elle arbore une calvitie qu'il voit forcément le dermato ni que la femme à ses côtés porte des lunettes aux verres épais qu'elle a rendez-vous, avant elle, avec l'ophtalmo. La preuve, avec ses dizaines de kilos en trop, Lucie ne vient pas pour se faire réprimander par la nutritionniste, liste à la main des ingrédients ingérés durant la semaine.

Elle a un peu d'avance mais pas une envie folle de piquer une courte tête dans les fantaisies de George R. R. Martin. Pour tuer l'attente, elle jette son dévolu sur les magazines *people* et féminins déposés sur la table basse. Tous datent d'au moins six mois, si ce n'est quelques années. Malgré tout, elle crève d'envie d'attraper un magazine à scandale, ne serait-ce que pour contempler ces ronds de couleur flashy zoomant sur les cuisses bourrées de cellulite et les fesses flasques des stars déchues de leur piédestal le temps d'un numéro ou d'une page cornée. Ce n'est pas gentil, elle ne devrait pas. Mais quel bonheur de se situer pour une fois du côté du moqueur et non pas du moqué.

Elle a beau savoir que ces ventres plats sans aucun bourrelet, ces cous sans replis, ces poitrines rondes et galbées qui semblent tenir par elles-mêmes, ces hanches finement dessinées, sans poignées d'amour ni culotte de cheval, ces cuisses lisses, ces genoux nerveux, ces mollets interminables, ces chevilles délicates, ces pieds aux orteils déliés peuvent être retouchés, leur perfection l'atteint, la blesse. Ces images la désespèrent et la fascinent tout à la fois. Elle n'ose pas s'imaginer avec une anatomie aussi fuselée, même si, avec l'opération, elle compte bien se forger une silhouette plus raffinée, assainir ses mensurations… C'est pareil pour les régimes, elle le sait bien qu'ils ne fonctionnent pas. Elle l'a vécu. Dans son corps. Mais comment résister à ces injonctions, ne pas avoir envie de tester ? Il faudrait compter le nombre de fois où le terme pointe le bout de son nez en l'espace d'une journée. Il est martelé partout, sur les couvertures de tous les magazines, à côté des corps bronzés et luisants en maillot de bain et de cette mannequin filiforme, bouche entrouverte, un costume de Noël ras les fesses laissant également entrapercevoir la fente de ses seins.

Ces pensées lui donnent envie de prendre des nouvelles d'Anne-Sophie. Elles ne se sont pas parlé depuis si longtemps. C'est vrai qu'elles n'ont plus grand-chose en commun, à part les lointains et bons souvenirs estivaux. Depuis qu'elle est maman, Anne-Sophie lui a bien fait comprendre qu'elles ne séjournaient plus dans le même monde. Lucie se rappelle avec malaise leur dernière conversation, enfin plutôt le monologue de sa cousine, sur les kilos de grossesse qu'il lui restait à perdre. À peine un mois après avoir accouché du petit dernier, elle avait cru bon de se confier à sa cousine chérie : elle qui avait toujours été très mince n'en revenait pas d'avoir pris 12 kilos. Elle en regrettait presque de ne pas avoir été affectée de nausées au premier trimestre, se lamentait de ne pas avoir vomi plus souvent, cela lui aurait évité d'engranger les chiffres sur la balance. Oui, elle se sentait vraiment mal avec toute cette graisse accumulée. Elle n'était pas tant fatiguée par les nuits hachées – en tant qu'infirmière, elle était habituée aux horaires décalés et savait récupérer en vingt minutes grâce à des siestes impromptues – qu'exaspérée de ne plus rentrer dans le moule qu'elle avait toujours rempli à la perfection : celui de la jeune femme sexy.

Certes, ses propos ne se voulaient pas méchants, non, elle voulait juste recueillir des conseils, et qui de mieux que sa grosse cousine pour lui expliquer ce qui ne fonctionnait pas, question régime ? Lucie n'avait pas pu s'empêcher de se sentir blessée. Elles ne jouaient pas dans la même catégorie. Si Anne-Sophie se trouvait moche avec ses quelques kilos en trop, à quoi ressemblait-elle à ses yeux ? Était-elle laide ? hideuse ? repoussante ? Lucie avait quand même tenté de l'écouter avec empathie et bienveillance et lui avait conseillé de s'échapper de ces standards de beauté, le temps que son rythme de vie l'aide à retrouver naturellement une silhouette qu'elle jugerait acceptable. Ces conseils, elle les lui avait dispensés alors qu'elle-même était incapable de se les appliquer. Enfin, dans son cas, elle estime que c'est trop tard. Elle est allée trop loin dans la prise de poids. Plus possible de faire la paix avec elle-même et son corps qu'elle déteste. C'est bien pour cette raison qu'elle a décidé de s'armer d'un sécateur et de trancher dans le lard.

Son nom prononcé par la voix haut perchée de l'ophtalmo la tire de ses pensées. C'est son tour. Lucie suit les cheveux rouge pétaradant teints au henné et la dégaine baba-cool colorée de sa rondelette docteure dans le couloir. L'ophtalmo ne peut s'empêcher de lui décocher un clin d'œil derrière ses lunettes couleur rubis.

— Alors, comme ça, vous aussi, vous lisez ces ramassis de débilités ? C'est à croire que vos lunettes ne sont plus à votre vue ! Il va vraiment falloir que je m'occupe de vous. Mais ne comptez pas sur moi pour vous prescrire des verres amincissants : mieux vaut voir la réalité telle qu'elle est, ajoute-t-elle en riant et s'ébouriffant les cheveux. Et, pour ça, j'ai comme l'impression qu'il ne suffira pas de bannir les mannequins taille 32 des podiums… Hein ? La belle affaire ! Entrez, je vous en prie.

Les discussions avec sa consœur nutritionniste doivent être animées, estime Lucie, qui esquisse un sourire devant ce discours inattendu. Pour une fois qu'on lui parle de poids sans lui renvoyer qu'elle déborde, à l'instar du dernier généraliste qu'elle a consulté pour une angine et qui a tenu à faire de son IMC le sujet principal de la conversation. L'enfer. Elle ne l'avait pas choisi comme médecin traitant, celui-là. Le franc-parler de cette spécialiste aux airs soixante-huitards lui va droit au cœur et lui remonte le moral.

— Avec tout ça, je ne sais pas si j'ai vraiment besoin de vous faire lire les lettres au mur ! s'exclame l'ophtalmo toujours sur le ton de la blague, en l'invitant à s'asseoir.

— Ah bon ?

— Est-ce que vous avez vu les mentions « photos retouchées » en tout petits caractères dans les magazines que vous parcouriez tout à l'heure ?

— Pour tout vous dire, non, je n'ai rien vu. Alors je suis presbyte aussi ? plaisante Lucie.

— Ah, ouf ! Si vous les aviez vues, je me serais inquiétée sur mes capacités médicales : dans ce cas, vous n'auriez vraiment pas besoin de lunettes de correction et, donc, vous n'auriez rien à faire dans mon cabinet. Oui, oui, elles sont si petites qu'il faut être un champion pour les distinguer à l'œil nu, ponctue-t-elle d'un clin d'œil avant de l'inviter à s'asseoir.

Lucie se plie aux petits coups de soufflet dans l'œil avec grâce. La consultation oscille entre tests techniques et commentaires de la docteure sur l'idiotie des normes médicales.

— Là, vous voyez mieux ?

— Hum, non, c'est un peu plus flou là.

— OK, et là ?

— Carrément plus flou.

— Et avec ça ?

— Là, c'est net.

— Très bien. Vous lisez quoi là ?

— E, N, I, M, C, D, A… discerne Lucie.

— Ah bah ça, c'est drôle, s'amuse l'ophtalmo, je n'avais pas remarqué que l'indice de masse corporelle s'était caché là ! Lui, pour le coup, il n'est pas net. La preuve : il a été modifié en 1999, mondialement revu à la baisse ! Vous pourrez vérifier… En une nuit, pof, sont apparus arbitrairement des millions d'obèses, seulement parce que le seuil de la catégorie « normal » a été abaissé de 27 à 25. Sous la pression de compagnies d'assurances américaines, l'OMS a suivi, qui sait exactement ce qu'il s'est passé… Et hop, voilà comment on vous colle un chiffre, une étiquette en un tour de main, sans tenir compte de vos caractéristiques individuelles. Alors, excusez-moi, mais tout ceci est scientifiquement flou. Je ne comprends pas pourquoi la majorité de mes confrères continuent de s'en servir. On devrait le réserver aux sociologues, l'utiliser d'un point de vue statistique et point barre. Pour le reste, il faut s'en méfier. Presque autant que de ces fichus magazines dans la salle d'attente ! Bon, votre vue n'est pas si mal. On se revoit dans un an ?

Lucie ressort du cabinet le sourire aux lèvres, son ordonnance en main (plus facile que chez la psy !) pour sa nouvelle paire de lunettes, vu que sa myopie n'est toujours pas stabilisée. Comme son poids en fait. Pas question qu'elle se remette à ruminer, alors elle stoppe net le flux de ses pensées pour conserver sa bonne humeur. Son poids, c'est comme ses yeux défaillants : ça se traite. Elle est entre de bonnes mains.

Elle repense à Anne-Sophie et décide de lui envoyer un petit texto. Elle ne veut pas réveiller le dernier-né.

> Coucou, ma belle. J'espère que la rentrée de Mila en CP s'est bien passée, que Tom a retrouvé ses copains à l'école et qu'Ethan fait ses nuits. Hésite pas à appeler pour donner des nouvelles ! Faudra aussi qu'on cale un rendez-vous Skype un de ces quatre, que je puisse voir la marmaille. Gros bisous à toute la famille <3

Elle reçoit la réponse presque instantanément.

> Salut :) tvb, rentrée au top pour tout le monde !!!

Suit un MMS où l'on voit l'aînée, son cartable sur le dos. Légende : « Elle était hyper fière dans sa jolie robe toute neuve pour son 1er jour en primaire ! » Lucie ne peut s'empêcher de penser qu'elle a déjà vu circuler cette photo sur le profil Facebook d'Anne-Sophie, où l'image a d'ailleurs récolté nombre de likes et de commentaires enthousiastes : « Trop mimi ta fille », « Si jolie : telle mère telle fille », « Elle a bien grandi la choupette ». Ce système d'appréciations collectives centré sur le physique l'exaspère, cette manière qu'ont les gens de se mettre au premier plan, leurs visages rayonnants faisant office de *profil pic*. À la différence des mannequins sur papier glacé qu'elle observait avec envie dans la salle d'attente, là, ce sont des personnes de tous les jours, qui postent de vraies photos. Tout le monde a l'air si joyeux dans ce monde parfait, toujours beau. Combien sa vie lui paraît déprimante, à côté. Elle envoie un banal emoji à sa cousine, déçue par cet échange superficiel, et cette photo de la petite Mila qui n'a pas été prise ni pensée pour elle. En comparaison, c'est d'une vie sans filtres dont elle aurait envie, parler, rencontrer de vraies gens. C'est décidé, elle va y aller bientôt, au centre social. Rompre sa solitude.

12

De retour chez elle, Lucie grille quelques blinis, qu'elle tartine de houmous. Facile. Exquis. Ce qu'il lui fallait pour patienter avant le dîner, le temps de se mitonner un bon petit plat. Elle ouvre une conserve de haricots blancs, en transvase le contenu dans une casserole, qu'elle met sur la gazinière. Elle verse de l'eau dans une deuxième casserole, pour le riz, ainsi qu'un fond d'huile de tournesol dans une poêle, afin de décongeler les boulettes de viande. Et faire fondre ses derniers restes d'autoapitoiement.

Elle se lève d'un coup. Envie de savoir depuis quand elle s'intéresse aux corps féminins sexy, ces modèles de poupées sur papier glacé. Elle ouvre au hasard l'un de ses journaux intimes et le feuillette à la recherche d'indices révélateurs ou de secrets oubliés. Rien ne se détache. Elle s'acharne et s'empare du cahier n° 4, celui de l'année de CM2 et de ses 9 ans. Le mot « Barbie » lui saute aux yeux, écrit de sa jolie et si régulière écriture enfantine.

> *Tout à l'heure, j'ai fait une longue tresse à ma Barbie. Puis j'ai copié la même coiffure sur moi. Ce n'est pas si facile sans miroir. Je n'ai pas réussi du premier coup mais presque ! J'ai couru montrer le résultat à grand-mère.*
>
> *Je lui ai dit pour rigoler que j'avais une sœur maintenant en me mettant de dos avec Barbie dans ma main. Mais elle a répondu que j'étais loin du compte.*

Parfois, grand-mère ne comprend pas ce que je dis. Peut-être que c'est parce qu'elle a eu une sœur mais elle est morte dans un accident. Ça fait très longtemps mais maman m'a dit que ça lui faisait de la peine d'en parler. J'imagine qu'en me voyant elle s'est souvenue de quand elle tressait des nattes à sa petite sœur et ça l'a rendue triste.

Je n'ai vraiment pas fait exprès, j'avais oublié cette histoire, maman me l'a racontée il y a très longtemps. Ce n'était pas une raison pour être méchante avec moi. Je me rends bien compte que j'ai un plus gros bidon que Barbie mais j'essaie de le rentrer dès que j'y pense. Parfois, aussi, le soir, dans mon lit, je contracte très fort mon ventre pour durcir mes muscles.

Même si je n'ai pas les cheveux aussi longs que Barbie, on était sœurs de coiffure. Moi aussi, j'aimerais bien avoir une petite sœur au lieu de Jules. Je l'aime bien, parfois on joue ensemble, mais il m'embête souvent. Il essaie de me tirer les cheveux et de me pincer. Il me file aussi des coups dans les seins alors que j'ai une petite boule dedans qui fait mal. C'est parce que je deviens une jeune fille et que ça pousse, m'a dit maman. Jules répète toujours que je vais avoir des gros lolos. L'autre jour, il a fait « Dis camion » et, quand j'ai répété, il m'a dit « Pouet pouet » et m'a attrapé le sein. Ça m'a fait mal, j'ai pleuré. Maman l'a grondé. Il a été privé de télé pendant une semaine entière ! Bien fait pour lui.

Lucie est tout attristée de lire cette entrée de son journal. Elle verse un demi-verre de riz dans la casserole, six boulettes dans la poêle chaude, qu'elle recouvre d'un couvercle anti-éclaboussures de graisse. Elle va pour refermer le carnet, remarque qu'il y a un post-scriptum en haut de la page suivante.

P.-S. : ce soir, grand-père et grand-mère ont invité leurs amis Yves et Marcelle. Ils sont venus nous dire *bonjour à Jules et moi dans la cuisine. Nous étions à table, en train de prendre le dessert. Ils m'ont regardée bizarrement, on aurait dit qu'ils ne me reconnaissaient pas alors que moi je me souviens bien du beau rouge à lèvres de Marcelle et de la grosse moustache d'Yves. Ils ont dit que j'avais beaucoup changé. Puis Marcelle m'a demandé ce que je voulais faire plus tard, j'ai répondu « Mannequin, comme Barbie » et tout le monde a rigolé. J'ai trouvé ça pas juste, surtout que grand-mère dit toujours qu'une petite fille doit être la plus jolie si elle veut trouver un mari plus tard.*

Cette Barbie, Lucie s'en souvient très bien. Elle avait fini par la massacrer : cheveux coupés à ras et touffes restantes coloriées en marron, comme sa chevelure à elle. Elle avait été très satisfaite, le temps que ses parents découvrent les dégâts et la disputent. Il fallait s'y attendre. Quoi qu'il en soit, elle avait continué de se venger sur ce jouet qu'elle avait transformé aux ciseaux et au feutre. Elle était même devenue tyrannique avec sa poupée. Parfois, elle lui parlait comme sa mère, qui lui disait souvent : « Tiens-toi droite, sinon tu as un double menton », « Ne souris pas comme ça, on dirait un hamster ». Seule dans sa chambre, elle inventait des saynètes où elle expliquait à Barbie qu'elle avait une sale tête, qu'elle ne ressemblait à rien, qu'elle n'était plus son amie.

Elle trouve ça fou de se dire qu'elle n'avait même pas 10 ans et que, déjà, elle se comparait à une pauvre figurine de plastique à la taille fine, aux longues jambes et dont les proportions fuselées appliquées à un corps humain adulte, elle l'a lu sur Internet, sont plus qu'extravagantes. Elle n'était qu'une petite fille, elle n'avait encore rien d'une femme, à part ces protubérances naissantes à la poitrine.

Elle se lève de nouveau. Avait-elle tant changé que ça pour qu'Yves et Marcelle la trouvent méconnaissable alors qu'ils l'avaient vue l'hiver précédent ? C'est vrai que l'épisode du pyjama-boudin de l'été précédent avait signé le début de la pesée systématique, obsessionnelle. S'était-elle à ce point épaissie en un an ? Elle ne sait plus très bien. Dans ses souvenirs, c'est comme si elle avait toujours été empâtée, le ventre plein de bourrelets, le bouton du pantalon qui saute. Le pire, c'est quand, à l'adolescence, ses hanches s'étaient élargies : ses fesses rebondies étaient devenues la cible parfaite des moqueries, on la traitait de « gros cul », de « bouboule », elle avait l'impression qu'on ne voyait que ça d'elle et tentait désespérément de cacher ce postérieur bombé, énorme, bourré de cellulite, moulé par les jeans, en portant des pulls larges qui lui descendaient à mi-cuisse.

Ce ne sont pas les chiffres journalièrement indiqués sur son journal qui vont l'aider à comprendre l'étonnement d'Yves et Marcelle. Ça ne signifie rien, des chiffres, comme ça, tout seuls, surtout sans tenir compte de sa croissance en parallèle. Elle pourrait vérifier dans son carnet de santé. Ceci dit, elle ne meurt pas d'envie de revoir cette fichue courbe décrétée par les médecins. Et puis, il y a plus simple : ses photos de classe !

Elle s'empare des pochettes cartonnées de CM1 et CM2. Avant même de chercher à « trouver Charlie » au milieu de ses camarades, Lucie n'en revient pas. Elle est estomaquée ! Sa photo portrait, tout sourire, de CM2, n'a rien à voir avec celle qu'elle avait en mémoire. Rien du tout. La petite fille qui prend la pose n'est pas grosse, loin de là. Oui, ses joues sont rebondies mais son visage enfantin est harmonieux, pas du tout bouffi. Oui, sur les photos de classe, on entraperçoit ses bras potelés, un bidon tout rond, mais rien qui rappelle un « bonhomme Michelin ». Elle n'était qu'une gosse dans la norme, qui ne dépareillait pas à côté des autres élèves. Elle qui était persuadée de toujours avoir été trop grosse… Elle en a la preuve sous les yeux : tout cela était juste dans sa tête. Dans le regard de ses proches aussi forcément, elle n'aurait pu l'inventer toute seule. Elle n'a pas non plus imaginé les réprimandes de sa mère, les « rentre ton ventre », ni les remarques blessantes de sa grand-mère. Dépitée, elle balance les photos et le journal sur son lit. Elle a le moral à zéro. Le riz est trop cuit. Sous son palais, tout semble fade.

Le repas terminé, Lucie fait la vaisselle en automatique puis descend les poubelles en mode fantomatique. La vie lui paraît terne. Elle aimerait voir Kamel. Justement, quand elle revient du local à poubelles, elle entend sa porte s'ouvrir. Ah, il va lui remonter le moral, un espoir de terminer la journée en beauté. Elle se retourne, flanquée d'un immense sourire, le cœur palpitant… pour apercevoir une jeune femme apprêtée refermer la porte en vitesse, lui dire bonsoir d'un air guilleret, traverser le palier à petits pas pressés et dévaler les escaliers sur ses hauts talons. Fringant jean slim sur petites fesses bombées. Bien rebondies là où il faut. Dans le sillage de ses longs cheveux bouclés, un parfum sucré, qui manque de faire défaillir Lucie. Vu l'heure, son âge et son allure, l'inconnue ne peut être que la petite amie de Kamel.

Des insultes lui traversent la tête. Envers la jolie nana qui vient de traverser son champ de vision. Envers elle, aussi et surtout. Quelle idiote elle a été de se raccrocher aux propos de son ophtalmo… Les corps minces et fermement disposés avec des courbes au bon endroit, ça existe. Qu'est-ce qu'elle s'imaginait ? Qu'il y avait moyen avec Kamel ? Forcément, lui aussi est attiré par les plus jolies filles. Qui ne le serait pas ? Une réplique de *Cinq filles couleur pêche* lui revient instantanément en mémoire : « Je ne suis qu'une indécrottable romantique, condamnée à être déçue toute ma vie. » Le personnage qu'elle avait interprété ce jour où l'estrade s'était écroulée lui colle à la peau. Couche de gras par couche de gras. Lucie se sent en prison dans son propre corps. Une crampe crispe son bas-ventre. Comme si cela ne suffisait pas, ses règles s'annoncent en fanfare. Elle file s'enfermer chez elle. À double tour.

13

C'est toujours pareil le vendredi. Les élèves sont fatigués. S'ils n'ont pas leur air décalqué du lundi, celui qui montre la brutalité du réveil à 7 heures du matin après deux grasses mat', ils n'ont pas non plus l'énergie vive du mercredi. Le vendredi, chaque sonnerie de fin de cours retentit comme un décompte mélodieux avant la liberté du week-end. C'est bientôt la récré de 10 heures et le corps collégien s'en ressent : coups d'œil fébriles au poignet gauche ou main glissée dans la poche et regard en biais sur l'écran du Smartphone, trousse prête à être zippée, martèlement léger du pied, gilet ou pull enfilé. Difficile de les garder concentrés pendant les dernières minutes. Lucie hausse un sourcil en voyant chuchoter Emma et Sephora. D'habitude, les deux pipelettes parviennent à réfréner leurs bavardages ; Lucie ne dit mot.

Emma, toujours en regardant sa voisine, plonge distraitement la main dans son sac. Elle en ressort du bout des doigts un emballage rose vif qu'elle pose avec vivacité sur sa table avant de se rendre compte, effarée, rouge pivoine, que ce n'est pas l'encas prévu qui se trouve au vu et au su de quasi tous ses camarades. Rien à voir avec une barre de céréales : c'est une serviette hygiénique. Elle la remet prestement dans son sac à main, pas suffisamment vite pour que la scène échappe au regard de Mathis. Il ricane. Fort. Les têtes se tournent en un mouvement chorégraphique, telle une nuée d'oiseaux virevoltant dans le ciel : il va y avoir du spectacle. La gamine devient encore plus écarlate. C'en est trop !

— Mathis, ce n'est pas encore la pause, concentre-toi jusqu'à la fin du cours, le tance sèchement Lucie.

— Hein ? Quoi ? Mais j'ai rien fait, proteste-t-il. C'est Emma qui a sorti une…

— Ça suffit, je ne veux pas t'entendre.

— Mais, madame…

— Sors ton carnet.

— 'Tain, c'est dégueulasse, s'indigne Mathis, apparemment convaincu d'être dans son bon droit.

— Mathis, c'est un conseil que je te donne, tais-toi. Tu ne fais qu'empirer la situation. Encore un mot et je n'hésiterai pas à écrire à tes parents.

— Pfff, soupire-t-il en croisant les bras et en regardant Lucie droit dans les yeux, comme pour lui signifier qu'elle n'a qu'à venir le chercher, si elle le veut, ce satané carnet.

— Ne joue pas à ça avec moi, poursuit sévèrement Lucie, qui maintient son regard. Je t'ai demandé de te taire, il te suffisait d'obéir. Tu continues sur cette pente et tu ne pourras t'en prendre qu'à toi-même si tu as une heure de colle. Tu veux qu'on passe la récré ensemble chez la CPE ? Non. C'est bien ce que je me disais. Ton carnet, réclame-t-elle la main tendue, sans se démonter.

Mathis baisse les yeux, cède. Finalement, Lucie n'a pas eu besoin de se mettre trop en colère. Elle a évité de passer pour la jeune prof qui ne sait pas user de son autorité et se fait traiter d'hystérique parce qu'elle s'est trop longtemps laissé marcher sur les pieds. Elle qui a l'habitude d'arrondir les angles se retrouve un peu étourdie de ce combat rapproché avec ce qu'ils appellent ici un « élément perturbateur » mais qui n'est, selon elle, qu'un banal adolescent, porté comme tous ses congénères sur l'humour bouseux. Elle espère justement ne pas avoir été trop « vache ».

Elle s'en voudrait de se décharger inconsciemment de la colère qu'elle rumine envers lui depuis le jour où elle l'a entendu la traiter de bovin.

De toute façon, elle n'a pas le temps de se poser trop de questions. Il faut retourner au tableau, finir le cours en vitesse et leur donner les devoirs, qu'ils notent à la va-vite dans leur agenda, avant la sonnerie de la récréation.

Alors que chacun se hâte vers la sortie, Mathis, tel un danseur surnuméraire, se faufile jusqu'à son bureau. Fini les rebuffades. Il la regarde piteusement, espérant éviter le mot écrit à faire signer par les parents dans son carnet. À moins qu'il souhaite uniquement ne pas se faire priver de récré. Lucie attend que ses camarades soient tous sortis pour lui faire la leçon.

— Je vais te demander d'être honnête avec moi. Ce que tu me diras ne sera pas inscrit dans ton carnet, c'est entre toi et moi. Tu peux m'expliquer pourquoi tu t'es moqué d'Emma ?

— Ben ché pas, moi…

— Réfléchis un peu. Tu as ri, c'est que tu as trouvé quelque chose de drôle, non ?

— Ouais.

— Et c'était quoi ?

— Nan, mais, si elle a besoin d'une couche, c'est qu'elle sait pas se retenir, c'est un bébé quoi… marmonne-t-il d'un rictus mi-dégoûté mi-amusé.

— Ah, articule Lucie, effarée. Alors, il va falloir qu'on mette les choses au clair. Une serviette hygiénique n'a rien à voir avec une couche. Parce que ce n'est pas pour l'urine mais pour le sang des règles.

— C'est pareil, madame, c'est dégueulasse, objecte l'ado.

— Ah oui, « dégueulasse » ? Tu trouves ça sale, les règles ? Mais enfin, c'est naturel.

— Ouais, mais madame, quand même, il y a d'autres, ché pas comment on dit, des « besoins naturels » justement, voilà, c'est ça, qui sont dégueus. C'est des déchets quoi.

— Tu considères les règles comme un déchet, alors ? Le sperme aussi, dans ce cas ? lui lance-t-elle, récoltant un rougissement. Au lieu de te moquer, tu aurais dû respecter l'intimité de ta camarade. Emma n'a sûrement pas fait exprès de sortir cette serviette de son sac. Elle a été suffisamment gênée. Ce n'était donc pas respectueux de ta part d'attirer les regards de l'ensemble de la classe sur elle en te moquant ouvertement d'elle. C'est clair ?

— Oui, oui, se hâte-t-il d'affirmer, prêt à récupérer son carnet, l'air déjà ailleurs.

— Pas si vite. Je n'ai pas fini. Si tu penses qu'« elle sait pas se retenir », tu as tout faux. Il faut que tu saches qu'une fille, même lorsqu'elle a une tache de sang sur le pantalon à cause de ses règles…

— Une tache ? Eurk…

— Oui, une tache, ça arrive. Parce que, justement, ça ne fonctionne pas comme la vessie. Tu m'écoutes ?

— Oui, madame.

— Regarde-moi quand je te parle. C'est comme quand tu transpires, eh bien, tu as des marques de sueur au niveau des aisselles. Sauf que, là, c'est du sang. Mais c'est le même principe. Tiens, comme quand tu as une blessure, que tu saignes du nez, tu vois. On ne peut pas te demander de retenir ton sang de couler, n'est-ce pas ?

— C'est vrai, madame.

— Alors, tu trouves toujours que la situation méritait tes moqueries ?

— Non…

— Et si jamais tu es confronté à une situation similaire, qu'est-ce que tu feras ?

— Je ne rigolerai plus, ça, j'vous jure.

— Tiens, reprends ton carnet. Et assure-toi que ça ne se reproduise plus, sinon tes parents et la CPE en seront informés, tu peux en être sûr.

— Merci, madame.

— Tu peux y aller maintenant, Mathis. À la semaine prochaine.

— À mardi. Bon week-end, madame.

Lucie sort de cette discussion plus sereine, bien dans sa tête. C'était important pour elle de le recadrer, de poser des limites et d'expliquer au jeune garçon pourquoi son attitude n'était pas tolérable. Ça la vengerait presque du coup de la « grosse vache ». Et cette réprimande ne peut qu'être bénéfique à Mathis. Du moins, elle le pense, l'espère. Peut-être fera-t-il davantage attention aux émotions qu'il peut provoquer par ses propos, lancés à la volée, sous couvert d'humour. Les jeunes sont parfois si violents verbalement… Que ce soit entre eux ou avec les autres. De par son métier, Lucie sait qu'ils ont besoin d'affirmer leur puissance, eux qui se veulent et se croient adultes. Ce n'est pas si facile quand on a la voix qui mue, un duvet informe au-dessus des lèvres, des boutons d'acné qui pointent et des cheveux gras. En lui parlant ainsi, Lucie s'est sentie dans son rôle. Confirmée.

Elle se demande tout de même si elle a utilisé les bons mots, s'il a bien compris la portée de ses actions. Autant, concernant l'apprentissage de l'anglais, elle sait ce qu'elle peut dire à des troisièmes et pas à des sixièmes, autant, pour ce qui est de la vie émotionnelle adolescente, elle se sent un peu moins légitime. N'aurait-elle pas dû se montrer plus sévère et écrire un mot dans son carnet ? En le voyant déguerpir à toute vitesse dans le couloir pour profiter de sa récréation écourtée, elle n'est plus si sûre d'elle. Il a probablement écouté d'une oreille. Une petite voix en elle lui souffle qu'il vaut quand même mieux éviter de sévir de prime abord pour lui laisser une chance de s'améliorer.

14

Si Lucie ne sait pas si son explication a profité à Mathis, au moins, elle a la satisfaction d'avoir épargné à la petite Emma une humiliation publique. Ce qui est sûr aussi, c'est que l'inflammation des joues de la gamine et ses yeux au bord du sanglot l'ont touchée. Elle s'est sentie en totale empathie. Elle s'est identifiée à son élève. Pendant une seconde, elle était à sa place, mortifiée d'avoir confondu dans son sac le toucher du plastique de sa serviette avec celui d'un sachet de biscuits ou d'une barre de céréales.

Ce n'est pas uniquement dû au fait qu'elle a ses règles aujourd'hui et qu'elle doit également profiter de la pause récréative pour changer de tampon. Non. Ce sentiment de honte, d'un corps qui déborde et dont s'écoule une fois par mois un liquide épais, pâteux, qui fait tache, la renvoie à sa propre puberté, ce moment où on lui a fait comprendre qu'elle n'était plus une enfant mais une jeune fille, une femme qui se devait d'être responsable. Qui devait calculer et endiguer. Qui devait toujours avoir en tête l'idée qu'à tout moment une vague de sang pourrait la submerger et s'abattre sur sa culotte. Qui devrait faire aussi attention au sexe, à ne pas se faire avoir par les garçons, à ne pas tomber enceinte.

Les explications avaient été froides et pragmatiques. Sa mère lui avait presque balancé un cours de SVT au contenu très organique. Elle ne lui avait rien dit, sur son vécu, sur le ressenti qu'elle pourrait éprouver, si la douleur était normale, encore moins si la couleur sombre du sang devait l'inquiéter. « Écoute bien ! » Cette sorte de leçon inaugurale, cette information raisonnée des menstruations, lui avait presque donné l'impression d'être sermonnée. À 12 ans, elle aurait voulu de la complicité, quelque chose de l'ordre d'un partage, qui aurait étanché sa peur de saigner. Quelques années plus tôt, rien qu'un baiser avec la langue la dégoûtait. Mélanger sa salive ? Pour rien au monde ! Ça faisait bien rire Serge qu'elle trouve ça « dégueu ». « On verra ça plus tard », s'amusait-il. Là où il n'avait pas tort, c'est que, en arrivant au collège, sa vision avait changé. Elle n'était plus la gamine de maternelle qui croyait que faire l'amour voulait dire embrasser sur la bouche. Elle en était à se demander dans quel sens elle devrait tourner la langue et où elle poserait ses mains. Ah ça, elle aurait tant aimé flirter comme ses copines !

Si Lucie s'est vue, en un claquement de doigts, à la place d'Emma, c'est surtout parce que les menstruations ont longtemps été pour elle synonymes d'infamie. Jusqu'au lycée, les dates de ses règles étaient marquées au feutre rouge sur le calendrier collectif, aimanté sur le frigo. Affichées aux yeux de toute la famille mais aussi des copains de Jules et des amis des parents. Au début, elle pensait que la gêne disparaîtrait, au même rythme que celle d'avoir du sang chargé qui s'écoule d'elle chaque mois. Le temps qu'elle se sente vraiment femme. Au début, elle avait même été soulagée par ces principes édictés par sa mère.

Après tout, ce n'était pas illogique de noter ses règles sur le calendrier par des points rouges. Elle savait quand elles allaient tomber et pouvait alors se munir de protections en quantité suffisante. Et ça permettait aussi à sa mère d'éviter de programmer les vacances à la mer ou une sortie piscine à ce moment-là. En fait, le premier été de ses règles, Lucie n'avait pas réussi à mettre de tampon. Elle avait eu beau prendre la taille minimale, ça lui avait fait mal. Le mode d'emploi semblait simple mais, dans la pratique, c'était difficile, même accroupie, d'enfoncer le petit bout de coton comprimé. Elle l'avait senti en elle tout l'après-midi, avait craint de l'expulser au moindre saut dans les vagues et était donc rentrée tôt de la plage. Si elle était restée plus longtemps, elle en était sûre, elle aurait souillé son maillot de bain, affiché des traînées de rouge sur l'intérieur de ses cuisses.

Résultat, elle avait passé une partie de l'été à lézarder sur le petit balcon de la maison de ses grands-parents, en short. Une fois ses règles taries, elle avait inventé des tas d'arguments pour continuer d'éviter la plage, de peur que cette infamie soit découverte, que sa famille au complet fasse le lien entre son repos forcé et le sang s'écoulant mensuellement d'elle. « Le sable, ça colle partout, ça me gratte », « Nan, mais je suis bien là, dans le transat, il y a du soleil, personne pour m'embêter », « L'eau est trop froide, j'aime pas ça »... Serge avait haussé les épaules : qu'elle fasse sa crise d'adolescence en lisant sur le balcon, ça lui allait. Les arguments de Lucie n'avaient toutefois pas déjoué la perspicacité de Valérie, qui avait vite compris que les menstrues étaient la cause de l'inertie de son aînée, jadis la première à nager dans l'eau agitée.

Peu à peu, la vue de ces stigmates écarlates sur le calendrier familial, celui où étaient notés les anniversaires, les vacances scolaires, les activités extrascolaires de son frère, lui est devenue insupportable. Son corps et son intimité ne lui appartenaient pas. Elle se souvient avoir tenté d'en parler avec ses parents. Échec. Ils avaient évacué le sujet. Sa mère lui avait rétorqué que le même calendrier avait été orné d'étoiles les nuits où son frère ne faisait pas pipi au lit pour lui montrer ses progrès d'une semaine à l'autre. « Ça n'a jamais posé problème à ton frère, il n'y a pas de quoi en faire des histoires : les règles, c'est naturel. Et puis, c'est pour que tu puisses profiter de tes vacances ! » Son père avait déblatéré une tirade sur la beauté lunaire du cycle féminin, quelque chose comme « rien de plus beau que la fécondité, la possibilité de pouvoir porter un enfant ».

Lucie n'avait pas compris l'exaltation paternelle. La grossesse ? C'était si éloigné de ses préoccupations. Le rythme lunaire ? Qu'avait-il à voir avec les ailettes collantes des serviettes à rabattre sur la culotte ? Elle avait un appétit de loup-garou les jours précédant ses épanchements, la Lune ? Elle avait des tiraillements dans le ventre, la Lune ? Elle se vidait de son sang par paquet et de son énergie mensuellement, la Lune ? Elle devait se rendre aux toilettes régulièrement pour éviter d'en mettre partout, la Lune ? Elle avait un sommeil agité parce qu'elle voulait à tout prix s'empêcher de dormir sur le côté pour éviter de tacher jusqu'au matelas, la Lune ?

En repensant à tout cela, Lucie espère qu'avec son aide l'embarras d'Emma aura été de courte durée et que, dans quelques années, elle en fera un souvenir amusant, une anecdote à partager avec ses amies proches. Elle, elle n'a pas eu cette chance. C'est en Seconde, à 14 ans, que Lucie a appris au détour d'une conversation avec Anne-Sophie qu'il existait des tampons avec applicateur. Elle avait utilisé son argent de poche pour s'en acheter une boîte. Aucun problème pour l'insérer. Pas besoin de se laver les mains avec rigueur pour éviter d'introduire des bactéries de la mort dans ses profondeurs. Une petite poussée et, hop, l'imbibateur était correctement niché, prêt à absorber ce sang menstruel et l'empêcher de couler. Soulagement. Victoire. C'en était fini du calendrier.

— Mais, ma Lulu, tu n'as pas encore eu tes règles ce mois-ci ? l'avait peu après interrogée sa mère avec inquiétude.

Ça ne pouvait être à ses yeux qu'une grossesse, même si cela l'aurait étonnée fortement. Car ce n'était sûrement pas en raison de son trop faible poids que sa fille ne saignait pas.

— Quoi ? Ben si.

— Tu as oublié de les noter.

— Non.

— Si, ma chérie, voyons, il n'y a rien sur le calendrier. Tu veux que j'aille te chercher le feutre rou... ?

— Putain, mais arrête !

— Arrête de jurer, c'est moche, surtout dans la bouche d'une fille.

— Raaah, mais n'importe quoi ! De toute façon, il n'y aura plus jamais rien sur le calendrier, l'avait coupée Lucie sèchement.

— Comment ça ? Je ne comprends pas…

— Je l'ai noté dans mon agenda à moi.

— Bon, d'accord, si tu préfères. C'est bien que tu sois autonome, tu grandis, c'est vrai. Et c'est aussi ton jardin secret. Mais il faudra quand même que tu me préviennes, pour les vacances, quand elles sont censées arriver.

— Pas besoin.

— Ah ? Mais…

— Pas besoin, je t'ai dit.

— Aaaah, c'est bon pour les tampons, alors ? s'était réjouie Valérie. Bon, bah, c'est bien que je le sache, je vais en acheter davantage alors et pas juste pour moi.

— Non, pas la peine.

— Lucie, tu me fatigues avec tes réponses laconiques. Tu as bien tes règles ? Oui ? Bon, alors ? C'est quoi cette histoire ?

— J'aime pas tes tampons.

— Comment ça tu n'aimes pas mes tampons ? Ils sont tout ce qu'il y a de plus normal mes tampons, s'était décontenancée Valérie. Je te prendrai des minis, si c'est ça qu'il te faut.

— Non, c'est pas ça. Laisse tomber.

— Non, je ne laisse pas tomber. Qu'est-ce que tu veux ?

— Je voudrais des tampons avec applicateur, maman, s'il te plaît.

— Aaaah, il suffisait de le dire, aucun problème.

Et voilà comment le calendrier aux taches sanguines s'était délogé du travers de sa gorge. En y repensant, il n'y avait rien d'étonnant à ce qu'elle ait fait la comparaison avec une blessure ensanglantée quand elle avait expliqué à Mathis que l'on ne pouvait empêcher le flux menstruel de s'écouler. L'apparition de ses règles avait vraiment été une plaie. Chaque mois, elle était à vif. Écorchée par son père qui en rajoutait avec ses blagues de mauvais goût à la moindre manifestation de mauvaise humeur: «Je ne te demande pas si tu as tes règles… », «Vu que ce n'est pas tes règles, c'est ta crise d'ado». Le seul intérêt de ce sang mensuel et du tabou qui l'entourait, c'était d'échapper aux séances scolaires en piscine, celles qui nécessitaient de se changer devant les autres filles dans les vestiaires collectifs et d'apparaître dans un maillot révélant ses formes. Elle pouvait grâce à cette excuse éviter les remarques blessantes de ses camarades. Des garçons comme des filles.

«Allez, prends du recul», essaie de se convaincre Lucie. Plus de dix années ont passé. Il est loin le temps de la puberté. Et puis, personne dans sa famille ne l'a jamais battue ou maltraitée. Ils avaient été plus maladroits que malveillants. «Arrête de pleurer sur ton sort. Ton enfance était loin d'être pourrie. Si tu crois que c'est comme ça que tu vas avancer dans la vie. Il y a plus important. Tu as de la chance d'avoir un métier qui te plaît.» C'est vrai. Pourtant, ces pensées ne suffisent pas à la rendre heureuse. Et ces vilains souvenirs, ces sensations d'ado tout juste pubère, remontent à la surface aussi vite que le sang aux joues d'Emma. Ils sont difficiles à chasser, à enfouir de nouveau au fin fond de sa mémoire.

Lucie cherche à faire le vide dans sa tête, à remplacer dans son cerveau ces stigmates ressuscités par quelque chose de plus réconfortant, de plus vivant. Pourquoi ne pas accepter la proposition de Kamel? Être bénévole au centre social, sortir du cadre et du programme scolaires, rencontrer des gens désireux d'apprendre, se sentir vraiment utile, voilà qui serait bon pour son moral. Mais, avant cela, elle devra aborder le sujet «règles» avec la psy tout à l'heure. Parce que son poids lui fait un peu le même effet que les notes au marqueur rouge sur le calendrier: il l'expose.

15

La fatigue s'est accumulée, Lucie a les nerfs à vif et, pourtant, pour une fois, elle se refuse à déprimer sur son canapé, en boule sous son plaid, en s'abreuvant de chocolat chaud pour tapisser son estomac. Son rendez-vous de l'après-midi avec la psy l'a rassérénée. Oui, elle ne pouvait qu'être bouleversée par la vision du feu aux joues d'Emma et l'écho du rire cinglant de Mathis. La projection avait été instantanée. Oui, la puberté l'a chamboulée. Notamment la façon dont son corps avait été regardé à partir de ce moment.

— Aujourd'hui, j'ai repensé à mes premières règles, lui a-t-elle d'emblée raconté. Parce qu'une élève a sorti par inadvertance une serviette hygiénique de son sac. La pauvre, elle était toute gênée. Et, honnêtement, ça m'a bouleversée. Il faut dire que pendant des années les dates de mes règles étaient affichées sur le calendrier de la cuisine. Je me sentais affichée, dans tous les sens du terme. C'était « l'affiche », comme on disait, la honte quoi. Mais mon intimité était aussi affichée, exposée au tout-venant. J'étais scrutée. Comme si mon corps leur appartenait. Comme s'il ne suffisait pas à ma mère de vouloir réglementer mes prises alimentaires et mes kilos, il fallait encore qu'elle ait vue sur ce qui se passait à l'intérieur de mon corps. Oui, c'est ça, il fallait encore une fois que je fasse attention et, comme on ne me faisait pas confiance, que je sois contrôlée : je ne devais pas grossir, je ne devais pas tacher ma culotte, mon jean, mes draps, je ne devais pas être enceinte… Il fallait aussi que je contrôle le désir éventuel que je pouvais susciter chez les garçons, et les hommes aussi. Un comble !

Face au bienveillant silence de la psy, elle a été prolixe. Ce fameux mois de juillet où elle avait fait le planton sur le balcon, c'était aussi parce que, le premier jour, alors qu'elle partait au marché avec Mamou, un vieux l'avait déshabillée du regard. Elle en avait baissé les yeux d'humiliation, devinant ce à quoi il pensait, elle qui était pourtant loin, si loin de la sexualité.

— Ça a créé une effraction, a expliqué la psy.

Oui, c'était ça. Cet homme adulte, probablement la quarantaine mais qui lui paraissait hors d'âge, était rentré virtuellement dans son intimité.

— C'est vrai que j'avais cherché à me faire belle, ce jour-là, j'avais une jolie coiffure et une belle robe. Mais, enfin, le regard de ce type, je n'en voulais pas, a tenté de se justifier Lucie, gagnée malgré elle par la culpabilité. Je ne cherchais pas à l'allumer. Il n'y avait rien de sexuel dans ma conduite.

— C'est ce qu'on appelle la confusion des langues entre adultes et enfants, a poursuivi la psy. Bien sûr que les enfants veulent plaire. Je vous rassure. Il y a un apprentissage de la séduction. Mais certains adultes sexualisent ces comportements, et ce, bien trop tôt. Ils interprètent des minauderies avec leurs critères à eux, c'est là où il y a problème, vous voyez ? C'est pourquoi, gamine, vous avez baissé les yeux devant un regard chargé de sexe, face à ce que vous deviniez plus que vous ne le compreniez. Alors, ceci plus cela, vous voyez bien à quel point la puberté devient compliquée ?

Elle voit bien. Elle comprend. Alors qu'elle aurait été au fond du trou si ce rapport de forces avec Mathis et les souvenirs sanguinolents qui ont suinté de cette confrontation s'étaient déroulés ne serait-ce qu'il y a quelques semaines, elle se sent presque renforcée au sortir de cet échange. L'avalanche de sensations ne l'a pas étouffée. Pas d'oppression costale, pas de ventre étranglé, pas d'asphyxie sentimentale. Un vrai bouleversement. Comme de biner la terre : éprouvant et chronophage mais cela vaut la peine de se casser le dos et d'avoir les mains noires, le sol n'en est que plus aéré et fertile, les racines revigorées, les plants plus épanouis. Elle aussi a repris pied. Elle le sent. De tous ses poumons. Elle respire.

Toutes ces émotions positives lui donnent envie de téléphoner à Jules, en espérant qu'il n'a pas commencé son service. Elle n'a aucune idée de ses horaires, mais bon, qui ne tente rien n'a rien. Au bout de trois sonneries, elle entend l'alerte qui signifie qu'elle a reçu un texto. C'est bien de lui. Elle raccroche donc avant de laisser un message vocal, qu'il n'écoutera de toute façon jamais.

Je suis au taf, envoie-moi un sms :)

Voulais juste prendre des nouvelles. Ça va ?

Ouais, tranquille

On se voit bientôt ?

Carrément. Tu viens au bar quand tu veux ! Ça me fera plaiz de te voir

Franchement, merci, mais non merci :) te vexe pas, mais j'ai pas très envie de passer la soirée à te regarder taffer sans pouvoir discuter ;)

Alors viens le week-end pro, y a un match d'impro

Lol

Allez, les mecs sont ouf,
tu vas bien te marrer
Franchement, amène
des potes, vous allez kiffer

Comment tu fais tout pour
que je te ramène des clients ;)
Je propose et je te dis ! Bisous

Ahah, grave, j'avoue :)
Je t'envoie l'event Facebook.
Kiss sœurette

Son frère a devancé sa dérobade. À croire qu'il ne la connaît pas si mal que ça finalement. Elle n'a pas du tout envie de s'y rendre seule, même pour un spectacle, mais elle ne se voit pas refuser net alors que la proposition émane d'elle. C'est vrai, quoi, aller en solo dans un bar, ce n'est pas son truc. Elle en a déjà fait l'expérience malgré elle en attendant longtemps – très longtemps, trop longtemps – des amies en retard la prévenant à l'heure même du rendez-vous qu'elles étaient « en chemin » alors qu'elles n'étaient clairement pas encore parties de chez elles.

Elle déteste rester seule accoudée au comptoir. L'impression d'envoyer un signal de détresse rameutant les apprentis chevaliers servants qui lui offriront un verre comme un acompte de la relation sexuelle qu'ils espèrent obtenir. Seule dans un bar, elle se sent malgré elle comme un appât involontaire, elle attire les mecs comme la grenadine les guêpes. Des mecs qui lui adressent la parole et dont elle perçoit bien qu'ils ne cherchent pas juste à faire la conversation. Des mecs qui se mettent à la draguer et dont elle se dit machinalement qu'ils n'ont que ça, qu'elle, à se mettre sous la dent. S'ils avaient été sobres et pas en manque, ils ne lui auraient jamais adressé la parole, c'est certain. Tous ces mecs qui l'abordent, elle est persuadée qu'elle ne leur plaît pas : ils feraient tout pour ne pas rentrer seuls et pour pouvoir baiser, ils sont tellement saouls qu'ils sauteraient n'importe quoi. Certains l'accostent parce qu'ils aiment les grosses, ils fantasment à l'idée de s'agripper à ses bouées tout en plongeant dans ses seins, ces fétichistes. Elle ne sait jamais comment se dépêtrer d'eux, alors elle leur répond poliment, craignant de les envoyer bouler et d'être ensuite insultée, agressée même. L'angoisse.

Non, cela n'arrivera pas. Parce qu'elle va proposer à Kamel et à ses amis de l'accompagner. Si personne n'est disponible, tant pis, elle se fera un plateau-repas devant une série. Mais, si jamais ça les branche, elle en profitera pour passer un bon moment en leur compagnie. D'ailleurs, la curiosité la tenaille : elle n'a toujours pas tiré au clair l'identité de la jolie nénette. Trois jours que ça la travaille. Elle y pense sans cesse, ça l'obsède. Il y a de fortes chances – enfin, chances, le mot est mal choisi, plutôt probabilités – qu'il s'agisse de sa petite amie, vu l'heure tardive à laquelle elle a quitté l'appartement. Mais, sait-on jamais. Elle ne va pas tirer un trait comme ça sur la possibilité d'une histoire avec Kamel. Elle veut continuer d'espérer. Quoi qu'il en soit, plus vite elle sera fixée, mieux ce sera. Au pire, si elle a vu juste et d'instinct discerné le statut de la si séduisante visiteuse, elle arrêtera au moins de se faire des films. Même si, pour une fois, elle rêve de s'être trompée.

Allez, il ne tient qu'à elle d'aller sonner chez Kamel. Elle a le cœur qui bat rien que d'y penser. Pour la première fois depuis leur rencontre, elle va prendre les choses en main plutôt que de se contenter de le croiser par hasard. Comme toujours, elle psychote, elle hésite, elle tergiverse. Doit-elle y aller tout de suite ? Elle craint de tomber sur une porte close ou de le déranger. D'un côté, elle meurt d'envie qu'il lui ouvre la porte avec son splendide sourire. De l'autre, elle n'a pas très envie de tomber nez à nez avec la jeune femme, incarnation de ses tourments. Son cerveau imagine tous les scénarios possibles. Ça suffit, elle se lance : elle rompt l'attente et fonce droit chez lui. Sonnerie. Elle entend une voix, des pas. La porte s'ouvre. Sur Kamel. Ouf ! Il est au téléphone. Ses yeux clignent de complicité en l'apercevant. Il continue de parler à son interlocuteur, tout en faisant signe à Lucie qu'il en a pour cinq minutes et en lui ouvrant davantage la porte. Elle comprend qu'elle n'a qu'à entrer et attendre qu'il termine. Elle lui répond aussi par gestes et en chuchotant qu'elle l'attend à son domicile. Elle se voit mal poireauter sous son regard. Elle serait bien embarrassée, ne saurait pas quoi faire de son corps, de ses mains.

Lorsque Kamel arrive chez elle cinq minutes plus tard, son appréhension disparaît. Sa présence a le don de la rendre sereine. Il l'apaise. Totalement. Grâce à sa petite fossette au menton et son parfum frais et fougueux comme une brise bretonne. Il l'alpague en riant, en voyant le vélo, toujours dans son carton.

— Alors comme ça, tu t'es décidée à monter ton vélo et tu réclames mon aide ?

— Ah non, pas du tout. D'ailleurs, vu que je n'ai même pas le temps de le monter, je ne sais pas quand je pourrais trouver le temps d'en faire, admet Lucie.

— Tu n'as qu'à le revendre en ligne.

— Non, je ne peux pas, c'est mon cadeau d'anniversaire…

— Je ne vois pas le rapport, insiste-t-il en plissant les yeux.

— Eh bien, on me l'a offert, je me vois mal en tirer de l'argent. C'est de la part de ma famille. Si jamais mon frère ou mes parents voient que le vélo a disparu, qu'est-ce que je vais dire ?

— Ben, la vérité. Que tu as revendu le vélo et que tu t'es acheté quelque chose qui te fait plaisir. C'est le genre de trucs que la famille comprend. Enfin, moi, je ferais ça. Si jamais tu changes d'avis et que tu veux de l'aide avant de te mettre à pédaler, tu sais que tu peux compter sur moi. Ce sera ma façon de te remercier pour la coriandre !

Lucie se sent un peu bête de ne jamais s'être autorisée à penser de la sorte. Même si ses parents commencent par être vexés et se braquer, ils devraient finir par comprendre.

— Bon, puisque ce n'est pas le vélo, tu avais besoin de quelque chose ? poursuit Kamel.

— Non, non, je n'ai besoin de rien. Voilà... Mon frère travaille dans un bar où il y a un match d'impro samedi prochain, pas demain, hein, samedi en huit. Il m'a dit que les gars étaient drôlement doués. Donc je me suis dit que je pouvais te proposer de m'accompagner.

— Ah bah, carrément. Normalement, je ne bosse pas.

— Propose aussi à tes collègues de venir. Comme ça, Ingrid sera là pour nous défendre sur le chemin du retour, enchaîne Lucie avec un léger éclat de rire. Et à ta copine aussi, ajoute-t-elle sans trop de subtilité, en espérant obtenir le fin mot de l'histoire.

— Quelle copine ? interroge Kamel, l'air étonné.

— Mardi soir, en descendant les poubelles, j'ai croisé une fille qui sortait de chez toi. Je pensais que c'était ta copine, enfin, ta petite amie...

— Je ne vois pas de qui tu parles... Attends, mardi ? Ah ah, non, pas du tout. C'est Laure, mon ancienne colocataire.

— Ah ah, désolée d'avoir tiré des conclusions hâtives, sourit Lucie, soudainement envahie par la joie et essayant de ne pas laisser le sentiment trop transparaître. En tout cas, si tu penses que l'idée peut la brancher, propose-lui aussi. Plus on est de fous, plus on rit, comme on dit.

— Je vais leur en parler, c'est tout à fait leur genre ! Tiens, file-moi ton numéro de portable, je t'enverrai un texto pour te dire. Et passe nous voir au centre un jour. Blandine et Ingrid t'attendent de pied ferme, tu sais ! D'ailleurs, tu as réfléchi à ma proposition de cours d'anglais ? Si jamais ça peut faire pencher la balance, sache qu'il y a des réductions pour les bénévoles encadrant des activités.

Ils partagent leurs numéros de portable, puis il l'embrasse rapidement sur les deux joues et file, le téléphone déjà collé à l'oreille. *Yes* ! La (petite) prise de risque de Lucie a porté ses fruits. Elle a osé. Elle s'est autorisée à sortir de ses ruminations, à faire preuve d'assurance et à aller sonner chez Kamel sans savoir à l'avance quel serait le résultat. La psy serait fière d'elle : elle a tenu compte de ses conseils, a agi au lieu d'échafauder sans fin des scénarios dans sa tête et de vivre au pays imaginaire. Au fond, ces quelques pas ne lui ont pas coûté grand-chose. Comme la sensation que tout devient plus facile juste parce qu'elle a pris son courage à deux mains. Bien sûr, son côté superstitieux voit un lien de cause à effet entre sa traversée du palier et le fait que la jolie nana n'est pas celle qu'elle croyait. L'idée est aussi tirée par les cheveux que de se convaincre que la journée se déroulera bien si le feu piéton est toujours vert au moment où l'on pose le pied sur le trottoir opposé. Reste qu'elle est en joie. Rien de tout cela ne serait advenu si elle était restée cloîtrée chez elle : elle n'aurait pu s'assurer que Kamel était bien célibataire. Elle s'en félicite et s'imagine déjà rentrer de la soirée avec toute la troupe dans le train de banlieue.

Elle allume son ordinateur et clique sur un site de vente en ligne pour particuliers. Kamel a raison, elle n'a qu'à vendre ce vélo d'appartement : elle ne va pas indéfiniment contempler le carton dans son salon et ne compte pas davantage se mettre à suer sur cet engin. La mise en ligne lui prend plus de temps que prévu : elle veut bien faire – toujours bien faire, sa marque de fabrique –, trouver la référence sur le site du vendeur, lire en détail les caractéristiques, tout cela pour vanter les mérites d'un cadeau encombrant dont elle cherche à se débarrasser. En attendant que l'annonce se charge, elle réfléchit à l'usage qu'elle fera de cet argent. Qu'est-ce qui lui ferait plaisir ? Elle pourrait s'offrir un abonnement au *Guardian* ou au *New York Times*. Non, trop scolaire. Ce serait mieux si ce cadeau ne s'éloignait pas trop de l'idée originale de ses parents. Elle pourrait se payer les cours de yoga du centre social, c'est aussi du sport. Mais cela ne marque pas assez le coup pour son quart de siècle. Et si elle s'achetait un fauteuil massant, qui lui réchaufferait les lombaires les soirs où elle en a plein le dos et la délasserait de ses éventuelles courbatures post-yoga, une fois qu'elle se sera décidée à aller au cours de Blandine ?

Elle s'étonne au passage que la petite graine du yoga ait pris racine dans sa tête. Elle est presque motivée pour y aller de son plein gré. Ni contrainte ni forcée : elle se sent bienvenue et ce sera aussi l'occasion de découvrir Kamel sur son lieu de travail. Ce n'était pourtant pas gagné... D'aussi loin qu'elle se souvienne, elle a toujours honni le sport. Ça a commencé avec le ski. Avant les vacances à la neige, elle avait bien appris à faire du vélo. Elle essayait de tenir en équilibre, en levant le bras droit ou gauche aux intersections, et en s'amusant, lorsque les parents ne regardaient pas, à lâcher quelques secondes le guidon des deux mains. Mais le ski...

Pourtant, au début, l'obtention de son flocon lui avait fait l'effet d'un bon point à l'école. Quand elle avait su déraper au lieu de se contenter de faire du chasse-neige, elle avait sauté de joie. Mais ces bons souvenirs avaient été ensevelis sous un brouillard pétrifiant. Pourquoi ? Elle veut vérifier. Ses journaux sont toujours sur la table de nuit. Elle se saisit du premier cahier qui lui tombe sous la main, celui en haut de la pile. C'est le numéro 3, celui de l'année de CM1. Elle y cherche les mots « grand-mère » et « grand-père », tombe sur une double page avec un joli dessin au feutre de montagne enneigée entourant la phrase en majuscules « J'ai eu ma deuxième étoile ! » C'étaient les vacances de février, elle avait 8 ans et demi. Les pages d'avant, le ton n'est pas le même. Pas du tout.

J'en ai marre. Jules est encore rentré exprès dans la salle de bains alors que je sortais de la douche. J'ai pleuré, il m'a vue toute nue et grand-mère a dit que je faisais des histoires.

C'est le chouchou. Je le sais. L'autre soir, quand grand-père a vu que Jules et moi étions dans le salon à l'heure où son film commence et qu'il a dit «Et que ça saute, ce n'est pas un horaire pour les enfants», moi, j'ai obéi tout de suite, «au pas de course», comme dit grand-père, je me suis dépêchée très vite d'aller me coucher. Mais Jules a continué de traîner en bas de pyjama sur le canapé. Au bout d'un moment, grand-père a fait les gros yeux, et il est allé se coucher. Mais personne ne l'a grondé. C'est l'inverse, même: grand-père lui a dit de faire de beaux rêves et lui a fait un gros bisou. À moi, il ne m'avait même pas dit bonne nuit.

Quand Jules fait des bêtises et que je m'énerve, c'est moi qu'on punit, ils disent que je ne suis pas sage. Grand-mère a voulu que je demande pardon parce que j'ai crié des gros mots sur Jules quand il a ouvert en grand la porte de la salle de bains. Je n'ai pas voulu m'excuser, c'est lui qui a commencé, alors elle m'a dit que j'étais privée de goûter: «Ça ne te fera pas de mal, on pourra fermer plus facilement ta combinaison», elle a ajouté.

C'est vrai, ce matin, elle m'a coincé la peau du cou avec la fermeture éclair. Elle a dit en fronçant les sourcils que j'étais trop lente et que ce n'était pas étonnant vu que j'étais potelée. Je n'ai pas pleuré: pleurer, c'est pour les chochottes, grand-père l'a dit! Mais ça m'a rendue triste toute la journée.

Maintenant, je suis toute seule dans la chambre puisque je suis punie et je sens l'odeur du chocolat chaud du goûter de Jules. J'ai faim, j'ai faim, j'ai faim, j'ai faim. J'en ai marre.

Il y a des traces de doigts marronnasses à cet endroit du journal. Lucie se souvient qu'elle avait mangé une barre chocolatée qui était restée toute la journée dans la poche de sa doudoune et qui avait fondu. Le soir, l'estomac rempli, elle n'avait pas avalé grand-chose, pensant s'attirer par la même occasion les félicitations de sa grand-mère. Raté : celle-ci y avait vu une marque de rébellion et avait été encore plus cassante. Il fallait maigrir et pourtant toujours finir son assiette ! Quel environnement verglaçant… Pas étonnant que Lucie se soit mise à haïr le ski et la neige. Ni que cette détestation se soit peu à peu étendue à toute activité physique. Le sport focalisait insidieusement l'attention sur son poids, en ayant comme seul objectif de ne pas lui en faire prendre. Il était devenu le symbole de ses kilos en trop. Fichus grands-parents ! Ils ne l'ont pas aidée, ah non, vraiment pas. Grâce à eux, elle a vu toute sa vie en grosse. En y pensant, la moutarde lui monte au nez. Tiens, elle devrait les remercier, sur le même ton méprisant que sa grand-mère prenait pour lui signifier que ses rondeurs l'incommodaient : « Mais merci bien de m'avoir dit sans cesse que j'étais trop ronde. Non, c'est moi qui vous remercie de m'avoir toujours fait sentir que j'étais de trop. J'insiste, c'était très aimable à vous d'avoir mis tous mes défauts sur le dos de mes kilos. Merci du fond du cœur d'avoir pesé de toute votre méchanceté et de votre indifférence sur mon existence. Vraiment, merci ! » Elle ouvre le frigo avec colère, attrape le gruyère et croque dedans d'énervement. À pleines dents.

16

Une fois encore, Lucie n'a pas vu le temps passer, tant elle était plongée dans la préparation des cours et les corrections des devoirs sur table. C'est tout elle, ça, de se laisser emporter par son travail, de s'oublier. Elle sait bien que cette réunion est facultative. La psy le lui a rappelé hier. N'empêche, Lucie a dit qu'elle était libre, qu'elle viendrait. Revenir sur une promesse, c'est faire preuve d'inconstance, d'inconsistance même, c'est aussi peut-être compromettre la signature du précieux papier, comme si elle faisait marche arrière. D'autant que ces réunions sont mensuelles et qu'il lui faudra attendre un mois supplémentaire. Pas le choix donc. Il faut qu'elle se dépêche ! Le rendez-vous est à 14 heures. Pas le temps de se mitonner un bon petit plat. Pas si grave, vu ses réserves. Elle hésite : quand même, sauter le déjeuner, est-ce bien sérieux ? Elle risque de se sentir mal, sueurs et tremblements. De tourner de l'œil, qui sait. Oh là ! Tout compte fait, hors de question d'y aller le ventre vide.

Lucie se lève donc de son bureau, se dirige vers la cuisine et ouvre grand son placard. Salive en embuscade devant les sachets de gâteaux. Elle en mange parfois au petit déjeuner quand l'envie l'en prend, ou dans la journée en cas de fringale subite. Quoique… Engloutir un paquet de cookies alors qu'elle se rend à un groupe de parole entre patients passés par la chirurgie bariatrique ou envisageant l'opération lui paraît grotesque. Tout aussi absurde que de détenir de telles provisions de nourriture combinant sucre et graisse alors qu'elle souhaite perdre du poids.

« Pfff, ma pauvre Lucie, tu es incohérente. Tu crois que c'est comme ça que tu vas y arriver ? » La question est purement rhétorique. Elle sait bien que non. Le chirurgien comme la nutritionniste lui ont répété que l'opération n'était pas une solution miracle, qu'il allait aussi falloir changer de comportement alimentaire afin d'accompagner sa révolution corporelle. Sans pour autant se mettre au régime. L'équation lui paraît insoluble. Elle réchauffe un reste de pâtes au micro-ondes tandis qu'elle coupe des morceaux de feta et une tomate. Bip ! Elle verse les pâtes fumantes et badigeonne le tout d'huile d'olive. Cela fera l'affaire. Elle avale ensuite en vitesse un yaourt avec du muesli, parce que ça tient au corps. Elle a encore faim. Normal, elle a mangé trop vite. Elle rouvre le frigo, attrape une tablette de chocolat noir de cuisine et en détache une rangée entière de carrés. Clac dans ses doigts, croc sous la dent. Elle prend aussi une pomme, la met dans son sac. C'est parti.

Quand elle arrive, Lucie se sent dans la peau d'un personnage de film qui se rend à un meeting des Alcooliques Anonymes, ces réunions qui se déroulent souvent dans le sous-sol d'une église ou dans un centre social. À ceci près qu'elle se trouve à l'hôpital. Il y a là trois visages connus, ceux de la diététicienne, toujours superbe, du chirurgien, maigre comme un clou, et de la psy, doux sourire aux lèvres. Trente-cinq personnes dans la salle en tout. Elle a compté, discrètement, sans dévisager, en évitant de croiser les regards. Elle n'est pas là pour copiner. Rester entre gros, non merci. On la juge déjà suffisamment sur son gras à elle, pas besoin d'adjoindre d'autres masses à ses côtés. D'ailleurs, ça lui paraît incroyable : alors qu'elle a l'habitude d'être la plus grosse où qu'elle aille, ici, un certain nombre de personnes sont bien plus en chair qu'elle. Des femmes en majorité.

Cette vision la met mal à l'aise. Et si ces femmes-là prenaient comme un soufflet sa présence ? De la même manière qu'elle a été blessée quand Anne-Sophie affirmait vouloir perdre ses kilos de grossesse. Et si ses 90 kilos à elle n'étaient pas bienvenus ici, non pas parce qu'elle se serait soi-disant « laissée aller » mais parce que son obésité « modérée » serait interprétée comme un affront ? Être la moins grosse des grosses, n'est-ce pas la preuve qu'elle n'est qu'une chochotte, qu'elle se fait une montagne de problèmes que les autres femmes considèrent comme « peanuts » et qui, en réalité, sont loin d'être insurmontables ? Calimero, va. Qu'elle arrête de se plaindre ! Elle est loin d'avoir enduré les épreuves qu'ont dû traverser les autres patientes. Toujours ce fichu sentiment d'illégitimité. A-t-elle vraiment assez souffert ? Mérite-t-elle vraiment cette aide chirurgicale ?

Elle n'arrive pas à se débarrasser de cette crainte du jugement, de ne jamais être à sa place. Trop tard toutefois pour faire demi-tour, il faut faire bonne figure. Tout le monde s'installe, alors Lucie s'insère elle aussi dans le cercle de chaises. C'est l'heure, la réunion commence. Une femme, la petite trentaine avec un doux visage, prend la parole après s'être raclé la gorge. Elle est plutôt mince, donc ancienne opérée, analyse Lucie. En effet, elle a perdu 40 kilos. Quarante ! Lucie aimerait tant lui ressembler. Comme sa vie doit être plus facile ! Bientôt, ce sera son tour. Elle a eu raison de venir pour entendre ce témoignage et apprécier le résultat en chair et en os. Peu importe qu'elle ne se sente pas à son aise et ait eu dans un premier temps l'impression d'avoir exagéré ses tourments. C'est pour ça qu'elle est là. C'est ce qu'elle veut. Et c'est ce qu'elle aura. Elle se félicite d'avoir eu le courage d'entreprendre les démarches. Ses pensées l'occupent au point qu'elle perd le fil et écoute la suite du témoignage de façon distraite, comme une émission de radio en arrière-plan sonore, jusqu'à ce qu'une phrase l'estomaque.

— Dans mes rêves, je suis toujours grosse, raconte la femme de sa voix voilée. Pourquoi ? Après tout, ces putains de kilos de trop, je les ai perdus. Je le sais, je me suis débarrassée de toutes mes vieilles fringues grande taille, et puis, je ne suis pas aveugle, je me vois dans le miroir tous les jours. Mais, le problème, c'est aussi que ça se voit que j'ai été opérée.

Le filet de voix de la trentenaire qui témoigne s'étrangle d'émotion. Lucie est interloquée. Comment cette femme peut-elle être malheureuse que l'opération se remarque ? Surtout que beaucoup opinent de la tête en silence. Décidément, Lucie ne comprend pas. Où est le drame ? Tous ces kilos supprimés, forcément, ça change la silhouette, c'est même l'objectif. La femme reprend :

— Je ne me sens mieux qu'habillée. Toute nue, je ne ressemble pas à grand-chose, ça pendouille de partout.

La phrase fait tilt. Lucie réalise qu'elle se réfère à sa peau flasque, là où les kilos étaient et ne sont plus. Que ce soit sur le ventre, les seins, les bras, les cuisses, ses kilos ont beau avoir disparu, ils se rappellent sans cesse à elle. La femme poursuit lentement, l'air perdu. Des larmes emplissent ses yeux et sillonnent ses joues.

— Je me demande si ça finira un jour, ça a quelque chose d'infernal… Le pire, c'est que je ne peux rien y faire. Ce n'est pas de mon ressort. J'ai beau faire du sport, ça ne change rien. Exactement comme quand je cherchais à maigrir avant l'opération. Je vais devoir encore me faire couper en morceaux, sanglote-t-elle. Je pense tenter l'opération du tablier, au moins, c'est remboursé. Mais je n'oserai plus jamais mettre de T-shirt à manches courtes… Au fond, j'ai l'impression que je m'aigris d'avoir maigri.

— C'est normal, Chloé, de ressentir tout ça, arrête de te sentir coupable, lui glisse sa voisine de gauche en lui tapotant l'épaule avec affection. La femme a l'âge d'être sa mère et une ronde stature de nymphe printanière à la Botticelli.

Pas facile de déglutir. Lucie est envahie par la détresse de cette jeune femme et sa déprime post-perte de poids. La disparition de son excédent graisseux ne résoudra pas tout comme par enchantement, elle vient de le réaliser. Elle qui pensait avoir trouvé la solution à tous ses problèmes. Bien sûr, elle avait entendu dire que ça arrivait, après l'opération de chirurgie bariatrique, de passer par la chirurgie esthétique, de retourner sur le billard pour tenter de nouveau de se sculpter un physique qui entre dans la norme, de se porter volontaire pour subir encore une fois les assauts du scalpel et du bistouri. Cette hypothèse restait lointaine et surtout hypothétique, comme l'idée qu'on risque un accident quand on prend la voiture : on se dit qu'on n'est pas concerné, que seuls les autres peuvent en être victimes, on touche du bois, on fait attention. Mais quand l'accident arrive et qu'on en est témoin, la carrosserie défoncée dans le champ de vision, le gyrophare dans les tympans, la scène devient plus réelle. On s'identifie. Ça peut arriver. Oui, ça peut arriver. Pour de vrai.

Le désarroi de Chloé émeut Lucie. Ou plutôt l'énerve. Opération ou pas, c'est comme s'il fallait se repentir à l'infini d'avoir été un jour en surcharge pondérale, payer, encore et toujours payer, d'être tombée ne serait-ce qu'une fois sur la case « prison corporelle » ? Les dés sont pipés dès le départ alors ? Elle a envie de se lever et de partir mais se force à rester écouter. Une autre femme, rondelette, la quarantaine, enchaîne sur un ton agacé :

— J'en ai surtout marre d'entendre que je n'ai aucun mérite d'avoir minci, sous prétexte qu'avec une chirurgie c'est facile. Les gens ne comprennent rien. Et, pourtant, ils en parlent comme s'ils savaient tout sur tout…

— C'est normal, ça remet en question leurs préjugés, continue une autre patiente, de l'autre côté de la salle. Pour certains, on est devenus gros parce qu'on n'a pas fait assez de sport ou de régimes. Ils ne réalisent pas qu'on a arrêté le sport justement parce qu'on est gros ni qu'on a grossi parce qu'on a entre autres suivi des régimes. Donc, la chirurgie, ça leur coupe l'herbe sous le pied. C'est trop facile, ça leur semble même injuste, ils voudraient que tu paies, que tu sois punie d'avoir pris ces kilos, que tu souffres pour les perdre. Comme si on ne souffrait pas assez comme ça… Quoi qu'on fasse, on gêne, on déborde.

Une femme assise non loin de Lucie prend la parole. Elle en a gros sur la patate visiblement.

— Tu oublies d'ajouter que c'est aussi une question de sous, de GROS sous. Les fast-foods et l'industrie alimentaire d'un côté, les injonctions perpétuelles au régime de l'autre. C'est chaud de se sortir des troubles du comportement alimentaire quand, depuis l'enfance, tu vois des fast-foods fleurir à tous les coins de rue. C'est pas facile de résister au système ! On se croit toujours plus fortes que les autres mais, je l'avoue, moi aussi, je me suis fait bouffer bêtement. Je suis allée sur un site minceur un jour. J'avais envie de perdre du poids. La bonne poire, quoi ! Le lendemain, j'étais relancée par mail. Ça disait en gros : « Merci de votre intérêt. Nous vous proposons de suivre un service de coaching alimentaire personnalisé. » J'avais juste renseigné mon poids et ma taille et donné mon adresse mail pour recevoir mon IMC, voilà comment j'ai mis le doigt dans un engrenage. Je pensais que les relances s'arrêteraient là. Quelques jours avant Noël, je reçois un autre mail. Pareil à l'approche de la Saint-Valentin. Pas cons, les gars : ils m'envoyaient d'énergiques « Il faut se prendre en main » alors qu'ils veulent juste que tu mettes la main à la poche et que tu paies ta cotis'… Le coaching, c'est gratuit au début, mais ça devient vite payant. Le marché minceur, c'est 4 milliards d'euros par an, rien qu'en France. De quoi déclencher des appétits. Et le pire, c'est que ce sont parfois des médecins qui sont à la tête de ces fichus sites. Ils se baladent sur les plateaux télé pour vendre leur méthode et racontent en même temps qu'il ne faut pas com-ple-xer, pour mieux faire passer la pilule.

— Ça fait un peu théorie du complot, ton truc, objecte une autre femme, pas l'air convaincu. Les médecins n'ont pas le droit de faire de la publicité : ils sont là pour soigner.

— Oui ! rétorque la quasi-voisine de Lucie avec force. Mais certains profitent d'un vide juridique sur Internet qui laisse une fenêtre de tir. Et pour tirer, ça tire ! Un site de coaching par là, un programme, une méthode miracle… tout en laissant croire que ce ne sont pas des régimes. Si tu vois la différence, fais-moi signe. Ils ont signé le serment des hypocrites, ces types-là. Désolée, je m'emporte…

Cette réunion prend une drôle de tournure. Lucie s'attendait à parler technique – sleeve, by-pass et anneau –, des *pros* et des *cons* comme on dit dans la langue de Shakespeare, afin de pouvoir évaluer les pièges à con de chaque méthode et décider en connaissance de cause. Elle est bien surprise. Entre la lumière crue du néon et ces inconnus qui se mettent à nu, elle a l'impression de participer à un reportage télé. Sauf que les propos n'ont rien à voir avec ces émissions de relooking, où la perte de poids est subjuguante et les conseils minceur culpabilisants. Ici, pas de « Ma chérie, tant que tu n'as pas perdu x kilos, les rayures, c'est in-ter-dit ».

Les personnes présentes dans la salle évoquent peu leur physiologie, elles ne dressent pas une liste de symptômes maladifs, ne font pas état des « comorbidités », un terme qu'elle a si souvent entendu dans la bouche des médecins qui lui faisaient les gros yeux. Ce qui les lie, bien plus que leur apparence et les chiffres sur la balance, c'est plutôt les supplices que leur poids engendre. Les mêmes que les siens finalement.

Et dire qu'elle n'a jamais voulu rejoindre des groupes Facebook de « femmes rondes » parce qu'elle ne voulait pas se résigner à se définir uniquement par son physique. Comme elle se fourvoyait ! Personne n'a abdiqué ici ; dans la salle flotte plutôt un air de revendication. Oui, ces femmes qui parlent se rebellent contre la « grossophobie » ambiante. Ces paroles provoquent un déclic dans sa tête, comme une cure de détox : elles s'attaquent aux poisons qu'elle a ingurgités depuis l'enfance et corrodent sa honte épidermique.

— Depuis que je suis ado, mon généraliste n'a fait que me parler bouffe et sport, intervient un homme assez âgé. Je le soupçonne de détester les gros, comme plein de gens d'ailleurs. Il n'aime pas non plus les psys ! C'est sûrement la preuve qu'il en aurait bien besoin…

— Sûrement ! manifeste la voisine de Chloé. Moi, en tout cas, c'est la psy qui m'a sauvée. Pour les nouveaux et nouvelles qui ne me connaîtraient pas, moi, c'est Béatrice. Bonjour ! L'opération m'a aidée aussi, je ne vais pas le nier, mais une intervention chirurgicale n'aurait pas suffi à me sortir de la boulimie et du viol, ou plutôt des viols à répétition pendant mon adolescence, qui m'y avaient fait plonger. Eh oui, s'envelopper, c'était ma solution, je l'ai compris grâce à la psy. Je me protégeais, sans en être consciente, bien sûr. Être grosse, parce que j'étais vraiment grosse, j'ai largement dépassé les 130 kilos, c'était aussi ne plus être l'objet de l'autre, le dégoûter. Et je me dégoûtais moi-même en priorité. Maintenant, je peux en parler. La preuve, là, j'en parle. Ce n'est pas parce que j'ai été un jour une victime que ça doit me définir à tout jamais. J'ai juste mis du temps à réaliser.

C'est au tour de Chloé d'exprimer son soutien envers sa voisine : elle prend la main de Béatrice, la serre avec bienveillance. Des yeux brillent, des sourires aussi. De nombreuses femmes dans la salle semblent avoir vécu quelque chose d'identique. Lucie les voit hocher la tête, renvoyées à leurs propres fantômes. C'est ça, réalise-t-elle, chaque histoire est différente mais il y a des points communs entre toutes les personnes présentes. La violence, par exemple, comme celle qu'a vécue Béatrice. Celle qu'en tant que femmes elles s'attirent à leur corps défendant par leur silhouette massive mais aussi celle qui a pu les y mener. Enfin, bon, elle n'a heureusement pas été violée, elle. Et lorsqu'elle a manqué d'être agressée, non, été agressée, se corrige-t-elle, lors du mariage de sa cousine, c'est justement parce qu'elle était déjà plus qu'enrobée.

La psy regarde les participants avec un sourire confiant et reprend la parole après un instant de silence.

— En effet, le sexe est souvent une cause de l'embonpoint, qu'il ait été imposé, ou qu'il soit impossible à vivre, pour de multiples raisons, bien sûr. Pourquoi un problème que le corps expose serait-il déconnecté de la personne qui le vit ? C'est pour ça qu'il ne s'agit pas seulement de changer de comportement vis-à-vis de la nourriture mais plutôt de vous aider à parler de ce qui vous pousse à y chercher du réconfort et pourquoi vous n'arrivez pas à vous détacher de certains symptômes.

Un homme, la cinquantaine, s'énerve soudainement :

— Eh oh, d'accord pour analyser tout ça, mais il serait peut-être temps d'arrêter de jouer les victimes. Depuis le début de la réunion, vous accusez la société, vos parents, le sexe, les hommes, les grandes industries alimentaires, bientôt ce sera les magazines féminins, la mode, les applis… comme si cela suffisait pour nous faire plonger dans la nourriture. C'est bien joli vos histoires, mais, nous, on a choisi d'être goinfres quand d'autres préfèrent se priver de nourriture. La vérité est aussi là ! La question n'est pas d'essayer de trouver toutes les causes possibles à notre problème parce que je vous promets que la liste, elle n'est pas près d'être finie, vu la société dans laquelle on vit, mais de comprendre pourquoi aujourd'hui, toi, moi, lui, nous, on n'arrive pas à se détacher de cette souffrance. Si on est là, c'est bien pour en parler et aller mieux, non ? Faudrait pas faire comme si, chacun d'entre nous, on n'avait pas joué un petit rôle dans cette histoire, faudrait pas nier non plus qu'on continue parfois à le jouer, même si c'est difficile de le reconnaître tellement on nous l'a seriné que c'étaient nous les coupables. Remettons les choses à leur juste place et assumons un peu ! On n'est pas obligés de céder au syndrome de Stockholm et de croire religieusement les règles édictées par la société, selon lesquelles, sans corps mince, on ne vaut rien. On est des adultes, maintenant, non ?

Un ange passe dans la salle, avec un air de « que celui qui n'a jamais été glouton lui jette la première pierre ». Lucie, elle, est décontenancée par cette intervention véhémente. Elle en a tellement soupé, tellement bavé. Et, au moment où elle arrive enfin à se rebeller et à oser exprimer sa colère contre sa famille et à se sentir mieux, il faut que ce soit un gros en plus qui vienne la sermonner et lui demander d'endosser ses responsabilités, de se flageller. Mais elle en a assez de faire tous ces efforts. Qu'on arrête de la croire coupable ! Elle n'a pas fait exprès, bordel, d'être grosse ! Bon, elle veut bien reconnaître qu'elle n'est pas un ange, un modèle diététique. C'est bien elle et personne d'autre qui soulève son popotin du canapé pour aller se chercher des cookies ou un gros chocolat chaud. Toutes ces sucreries ne sont pas arrivées non plus toutes seules dans son placard. Ce n'est pas juste la publicité qui les y a conduites. C'est elle aussi qui, d'une certaine manière, a choisi de régler ses problèmes de cette manière. Il faudra qu'elle aborde ce sujet-là avec sa psy. Qu'est-ce qui la pousse encore à jouer le personnage de la grosse ? Quelque part, en fait, cet homme a raison, et c'est rassurant d'ailleurs de reconnaître qu'elle garde un rôle dans son histoire, que tout ne dépend pas des autres. Responsable mais pas coupable.

L'homme, visiblement heureux de son petit effet, adresse un clin d'œil complice à son voisin de gauche, qui lui ressemble beaucoup. Celui-ci s'adresse à son tour à l'assemblée :

— René a raison. Nous, on n'a pas voulu s'en préoccuper avant qu'il soit trop tard. On n'avait pas envie, mais alors pas du tout, de faire gaffe. René et moi, on est frères. Jumeaux, si vous ne l'aviez pas deviné. Dans la famille, c'est autour de la table qu'on se réunit. Des grandes bouffes, pour un oui, pour un non. Chez nous, trop manger, ce n'est pas génétique, c'est culturel. Et c'est difficile de dire non, je peux en témoigner. Même quand on veut faire autrement, pas facile de ralentir la cadence, on aime bien se laisser entraîner. C'est convivial, ça donne envie, toutes ces victuailles bien cuisinées. Les rares fois où l'un de nous n'est pas dans l'excès, parce qu'il sort de chez un médecin qui lui a dit d'y aller mollo sur la nourriture, il y en a toujours un pour demander si on n'est pas malades. Vous voyez le topo? Le paradoxe dans notre famille, c'est que ce sera plutôt si on se décide à faire l'opération et qu'on se met à picorer, à manger comme des moineaux, à chipoter, qu'on sera mal vus.

Dans la salle, c'est un vrai brouhaha, tout le monde parle en même temps. La psy en profite pour intervenir et réinstaurer le calme :

— Vous voyez, ici, ce qui vous rassemble, l'excès de poids, vous montre aussi, dès qu'on gratte un peu, que vous êtes tous différents, que chacun et chacune a son histoire. Pour que votre projet d'opération vous apporte ce que vous en attendez, il faut vraiment que chacun reparte de soi. On n'opère pas un estomac, mais une personne !

En entendant ces paroles, Lucie a une vision. Elle visualise la photo d'un réveillon familial auprès de la branche paternelle. Elle l'a entraperçue l'autre jour, collée dans son journal intime. Elle devait avoir 12 ans environ. Les adultes y ont les joues rouges, l'air saoul. Son père le premier. Anne-Sophie y fait la grimace pour cacher son état. Sa cousine avait fini discrètement tous les verres entamés – seule Lucie avait repéré son manège, sans rien dire, pour ne pas perdre son affection – puis avait tout vomi. Personne n'avait remarqué quoi que ce soit, aucun soupçon n'avait été éveillé. Le foie gras peu digeste avait tenu le rôle de bouc émissaire. Mais si Anne-Sophie avait bu en douce, Lucie, elle, avait fini toutes les assiettes qu'elle avait rapportées dans la cuisine en fille bien élevée qu'elle était. Sans mauvaise conscience, non, mais pour faire plaisir à Mamou, qui se donnait toujours tant de mal pour cuisiner lors de ces grandes tablées bretonnes. C'était beurré, c'était bon, elle n'avait pas trop à se forcer, elle était gourmande.

Du moins, c'était ce qu'elle croyait, car elle réalise ce soir que son comportement en dit peut-être bien plus long qu'elle ne l'avait imaginé. La nourriture en excès, c'était – c'est encore – la solution à son mal-être. Sa réponse, probablement, envers des événements mal digérés pendant l'enfance et la puberté. Sauf que la solution est aujourd'hui devenue problème : son repaire, sa planque, sa cachette — la bouffe — s'est révélée traître à la longue.

Et si, pour compliquer la donne, elle s'était fait pigeonner, duper par la nourriture, comme son père par l'alcool ? Et si, pour le soutenir et envoyer bouler les restrictions sans fin de sa mère, elle était allée vers un excès d'assiettes comme lui de verres ? Pourquoi son père boit-il trop ? Pourquoi sa mère ne mange-t-elle pas assez ? Le réconfort dans la nourriture n'a-t-il pas joué le rôle de contre-pied pour réunir les deux ? Si elle veut aller mieux, s'attaquer uniquement à son excès de poids ne suffira pas, il lui faudra d'abord affronter le problème initial. C'est cela que la psy a voulu dire. Plutôt que de batailler contre son symptôme, c'est la cause profonde qu'il lui faut combattre. Sans énervement. Avec calme.

Lorsque la réunion se termine, deux bonnes heures plus tard, Lucie est épuisée, tourneboulée par les histoires de ces inconnus. Elle se sent aussi plus sereine, ressourcée par les échanges du groupe, comme s'ils lui avaient servi de tremplin, l'avaient aidée à redresser la barre. Se mettre en colère contre sa mère, contre sa grand-mère, contre les diktats qui ont cherché à gommer son corps et son identité était une étape importante de son cheminement personnel : elle en a tiré de la ressource, des éléments de compréhension. Sauf que cette colère va se transformer en impasse si elle s'y réfugie comme dans la nourriture. Maintenant, elle perçoit davantage qu'elle a fait de son corps un bouclier, qu'elle s'y est mise à couvert, devenant sans le vouloir une cible parfaite pour les moqueries. Il est temps d'ôter cette pesante armure. Ses peurs se dissipent déjà un peu. Bien sûr que l'opération ne va pas agir comme un coup de baguette magique sur sa vie. Tout cela prendra du temps. Raison de plus pour ne plus en perdre. Plus question de tergiverser. Vite, s'emparer de sa vie. À bras-le-corps.

17

Le samedi suivant, dans le train vers le Café de Paris, Lucie ne pense à rien. Enfin, à rien… Elle laisse vagabonder ses idées, qui passent du coq à l'âne. Elle songe à la « réunion des Gros », comme elle l'appelle sans la moindre moquerie. Un moment charnière qui l'a comme dessillée : le fait d'avoir compris que le trop-plein de nourriture lui servait de moelleux remède aux blessures de sa vie l'amène à se considérer avec plus de bienveillance. Elle a fait ce qu'elle a pu, pas la peine de culpabiliser. Comme tout un chacun. Et rien ne l'empêche dorénavant de s'extraire tant bien que mal de ce moule caparaçonné. En faisant du yoga par exemple, pas pour compenser les apports caloriques, juste pour diversifier ses activités et s'occuper d'elle, dans l'instant présent. Elle rêve aussi au sourire de Kamel, qu'elle a hâte de revoir tout à l'heure.

Une fois arrivée, elle cherche Jules du regard. Il est affairé derrière le bar, en train de servir des pressions. Quand elle s'approche, il lui sourit, bise en l'air, volant par-dessus le comptoir. Elle n'a pas l'habitude de voir son petit frère si sérieux, si professionnel.

— Tu es venue toute seule en fait ?

— Non, non, mes potes arrivent. Je leur ai donné rendez-vous ici. C'est idiot d'attendre à la station de métro. OK, il ne pleut pas et il fait encore doux, mais autant que j'en profite pour te voir à l'ouvrage.

— Ah, finalement, tu es aussi venue pour me voir taffer. Comme quoi, s'amuse-t-il en ponctuant ses mots d'un clin d'œil. Bon, et qui as-tu amené de beau ?

— Il y aura Kamel, c'est mon voisin, et ma prof de yoga, Blandine…

— Tu fais du yoga, toi, maintenant ? l'interrompt son frère, étonné.

Elle aussi est troublée par les mots qu'elle a employés. C'est vrai qu'elle aurait pu présenter Blandine autrement. Collègue de Kamel, copine même, il y avait le choix. Pourtant, elle commence à la regarder ainsi : sa prof de yoga. Même si elle y est allée une seule fois. Lucie réalise que la séance d'essai, à la fois rude et reposante, ne lui a vraiment pas déplu. Elle en est sortie fourbue, étirée, la nuque libérée de tout tracas. Pendant une heure et demie, rien d'autre n'a compté. Sa vie s'est comme arrêtée. Si elle n'est pas encore sûre d'en faire son rituel du mardi, elle découvre qu'elle a pris la décision d'y retourner. Au moins une fois. Peut-être plus régulièrement quand elle aura fait l'opération et cicatrisé. Elle verra ça en temps voulu, en fonction des sensations que lui offrira son nouveau corps.

— J'ai commencé mardi. J'ai encore des courbatures !

— Ah ah, sans rire ?

— Je te jure. Rester immobile dans une posture, en fait, ça sollicite plus de muscles qu'on le croit. J'en ai découvert certains dont je ne soupçonnais même pas l'existence, entre les côtes et dans le bout des doigts, par exemple. Mais rien de désagréable. Au contraire ! J'ai eu l'impression, en rentrant chez moi après, que je marchais avec des élastiques à la place des jambes, comme sur du coton !

— Je vois tout à fait, acquiesce Jules d'un air entendu.

— Y a aussi Ingrid qui vient. Elle est prof de self-défense.

— Ne me dis pas que tu fais aussi de la self-défense ?

— Non, non, en tout cas, pas encore, s'amuse Lucie.

— Bon, allez, tu bois quoi ?

— Euh, je sais pas, moi. Un jus de pamplemousse pressé ?

— Un jus de pamplemousse, pardon, madame a une vie saine maintenant, elle boit des jus de fruits pressés et pratique le yoga !

— Et depuis quand tu commentes les commandes des clients ?

— Oh, oh, on se calme. Tu me parles mieux que ça ! continue-t-il sur le ton de la blague. Fais gaffe, tu ne voudrais pas que je crache dans ton verre dès que tu as le dos tourné.

— Non, en effet, sinon j'aurais précisé un jus de pamplemousse avec un zeste de salive de Julot, se marre Lucie.

— Sérieux, je ne suis pas du genre à pousser à la consommation… surtout d'alcool. Ben ouais, je fais gaffe aux mecs bourrés. Je tente de les calmer quand ils insistent pour avoir un dernier verre, soi-disant un dernier, alors qu'ils sont déjà bien éméchés. J'essaie de rendre service à tout le monde. C'est ça, ma conception du boulot de serveur. Tu vois ?

— Bien sûr que je vois. Tel frère, telle sœur, hein ?

— Et comment tu connais Ingrid si tu ne fais pas de self-défense ? demande-t-il en la servant.

— Je l'ai rencontrée à la crémaillère de Kamel. Comme Blandine. Ils bossent tous au centre social de Plaisir. Lui, il est animateur.

— Cool cool, fait Jules, qui part en direction d'une table voisine, un plateau de pintes blondes et moussantes à la main.

Oui, c'est cool de les avoir rencontrés, s'avoue Lucie, en apercevant justement la silhouette élancée de Kamel s'approcher, suivie de près par la toute petite Blandine, reconnaissable à ses jolis frisottis et sa démarche sereine. Jules revient et s'arrête pour leur dire bonjour. Il tend la main à Kamel, qui s'apprêtait à lui faire la bise.

— Oups, pardon, je t'ai mis un vent, s'excuse Jules.

— Rien de grave, t'inquiète.

— Non, tu as raison, plaisante le jeune serveur. J'ai fait la bise à Blandine alors que je ne la connais pas plus que toi. Te serrer la main, c'est de la pure discrimination !

— Tu es tout pardonné, surenchérit Kamel. C'est un réflexe qu'on a tous : choisir de faire la bise ou de serrer la main en fonction du sexe de la personne plutôt qu'en fonction du contexte. Et, ici, on n'est pas au boulot… Ah, mince, toi, si !

Les deux hommes se sourient. Ingrid choisit ce moment-là pour débouler.

— Oh là là, je vous raconte pas, cette galère pour se garer. J'ai réussi à dégoter une place mi-nus-cu-le. Ah, salut, tu dois être le frère de Lucie, s'exclame-t-elle en remarquant Jules, retourné de l'autre côté du bar. Moi, c'est Ingrid.

Elle lui tend la main. Tout le monde pouffe.

— Quoi ? Qu'est-ce que j'ai fait ?

— Rien, rien, la rassure Lucie. C'est juste que Kamel vient d'insister pour lui faire la bise.

Ingrid rigole. Lucie est contente : la sauce prend bien, malgré les différences d'âge. Après tout, Blandine n'est pas beaucoup plus jeune que leurs parents et Jules n'a pas encore 22 ans. Ils commandent leur boisson, une planche de fromages et restent une bonne demi-heure au bar à trinquer, picorer et bavarder, puis se dirigent vers les tables face à la scène. On leur remet à chacun un petit papier : ils devront y noter un mot de leur choix. Ça amuse Lucie. Elle a envie de mettre en difficulté les improvisateurs avec un terme curieux et truculent. Tiens, elle va leur offrir des chemins de traverse avec une expression à double sens. Elle sort un stylo de son sac et s'applique à écrire « faux amis » à l'insu des trois compères.

Le spectacle commence. Trois papiers sont tirés du chapeau : cul-de-sac, ventre à bière et nounours. Leurs auteurs se désignent dans la salle et des rires fusent quand l'homme au chapeau essaie de deviner pourquoi cette spectatrice belle comme un cœur a choisi l'expression « ventre à bière ».

— Marre du *dad bod*, de ce petit bidon rembourré chez les hommes dont les abdos ont fondu ? Vous avez raison, les diktats doivent aussi s'appliquer aux hommes. Pas de discrimination et vive les tablettes de chocolat ! lance-t-il à la cantonade, en se frottant le ventre, un poil grassouillet.

Probablement une astuce pour que les comédiens s'imprègnent de la liste des ingrédients avant de faire monter la sauce, se dit Lucie. Les voilà tels des conspirateurs qui se concertent en chuchotant : ils ont trente secondes pour concocter une base de scénario à partir de cette recette et ensuite improviser une saynète pendant huit minutes, pas une seconde de plus. Temps de cuisson imposé !

— Mais qu'est-ce qu'ils vont bien pouvoir faire avec ça ? marmonne Ingrid, déconcertée.

Lucie hausse les épaules, elle n'en a aucune idée. Ce qui est sûr, c'est qu'elle ne sait pas à quoi s'attendre et qu'en plus cela démarre mal. Celui qui joue le héros leur tourne le dos. Elle entend à peine ce qu'il bafouille. Un élan de gêne vis-à-vis de ses invités la traverse. Elle ne s'attendait pas à ce que les comédiens déclament des alexandrins mais, quand même, il lui semble difficile de rentrer dans l'histoire sans décor ni costume. Un grand échalas s'est décrété gros nounours en peluche, ce qui réclame un bel effort d'imagination pour y croire. Elle craint d'avoir vendu du rêve à ses nouveaux amis et qu'ils repartent déçus de cette soirée. Les comédiens peinent et ça la peine. Au moindre instant de flottement et d'hésitation, elle se sent mal pour eux : pour l'avoir vécu, elle sait à quel point le regard scrutateur du public est inconfortable.

Étrangement, ses amis n'ont pas du tout l'air embarrassé par le jeu des comédiens. Ils semblent même apprécier la scène qui s'improvise en direct sous leurs yeux. L'homme-nounours campe une sorte de Jiminy Cricket blasé et railleur qui, avec sa voix nasillarde, accompagne un homme dans ses périples. À chaque nouvelle situation, il l'oriente vers les mauvaises décisions en lui dépeignant un tableau plus que dépréciateur de toutes les conséquences possibles de ses choix. L'homme n'ose plus rien tenter. Il ne prend plus aucun risque.

Les comédiens, eux, en revanche, osent tout. Après un départ hésitant, les huit minutes top chrono sont enlevées, multipliant les rebondissements. Bien sûr, le spectacle est loin d'être parfait, il y a des tâtonnements, des bégaiements, des hésitations. Mais, au final, ce côté *work in progress* ne déplaît pas à Lucie. Elle qui a toujours cru que l'erreur était un naufrage qu'il fallait cacher sous du blanc, puis attendre que ça sèche avant d'écrire la bonne réponse, finit même par trouver le moment excitant. C'est une histoire qui s'invente sous ses yeux. Par moments au bord du ratage, jusqu'à ce que, par une intervention prestidigitatrice, le souffle reparte. À chaque fois que les acteurs semblent dans une impasse, plutôt que d'abandonner, ils inventent et le mur qui leur barrait la route devient un nouvel élément de leur histoire. Tout est permis. Même l'échec !

Quand le Jiminy mal léché ne capte pas les allusions ou les perches lancées par son camarade sur scène, cela n'a rien de grave. Les errements des personnages ne sont pas des erreurs, les erreurs ne sont pas un fiasco, encore moins une condamnation *ad vitam aeternam*. Elles font partie du spectacle, mais aussi de la vie. Lucie prend sur-le-champ une résolution qui va à l'encontre de ses routines scolaires : désormais, elle laissera libre arbitre à ses élèves pour présenter leur copie, elle autorisera même les ratures qui permettront d'expliciter leur raisonnement. Fini le blanco, place aux biffures ! Et si elle s'autorisait elle aussi quelques errances, égarements, faux-pas et contresens dans sa vie ? Serait-ce si grave ?

À la fin du spectacle, elle applaudit à tout rompre. Kamel, Ingrid et Blandine sont sur la même longueur d'onde. Alors qu'ils commencent à enfiler leurs vestes et se diriger vers la sortie, elle leur demande de l'attendre quelques minutes. Et, sans plus réfléchir, encore grisée par les comédies qui leur ont été servies sur un plateau toute la soirée, elle se dirige vers l'homme au chapeau, celui qui a récolté les petits papiers. Elle veut prendre les coordonnées du groupe, savoir s'il est possible qu'ils interviennent en établissement scolaire ou, au pire, si elle peut observer, sur son temps libre, de temps à autre, leurs échauffements, afin d'acquérir quelques techniques et construire un projet de classe à partir de là. Elle s'imagine déjà faire apprendre des listes de vocabulaire à ses élèves avant de les laisser improviser sur une thématique donnée. Ils travailleraient l'oral, leur accent. La prise de parole serait plus amusante. Et ils n'en seraient que plus à l'aise en situation réelle. L'idée l'enthousiasme déjà.

En deux minutes, c'est plié. Bonjour, sourire, non, ils ne font pas d'animations pour les scolaires mais il connaît une compagnie qui le fait, dont il lui note le nom, et elle est la bienvenue dans leur groupe, ils pratiquent tous les lundis soir, merci, merci, au revoir. Elle ressort de ce court et simple échange toute contente. Jules s'avance pour lui dire au revoir.

— Alors, ça t'a plu ?

— Oui, à fond, s'exclame-t-elle avec entrain.

— Tu vois, je t'avais dit, se targue son frère, tout fier.

— Tu avais raison d'insister. Vraiment. C'était une super soirée, merci. Et je ne parle pas juste pour moi. Les autres aussi ont passé un bon moment.

— *Yep*, ils m'ont dit en passant. Ils m'ont aussi chargé de te prévenir qu'ils t'attendaient dehors. Rien à voir, mais il est vraiment pas mal ton voisin.

— Ah bon ? Enfin, j'veux dire, toi aussi, tu trouves ? s'enquiert Lucie, confuse et rougissante.

— Ah, zut. T'as un *crush* sur lui ?

— Chuuuut, insiste-t-elle, paniquée.

— T'inquiète, il va pas t'entendre. Mais, désolé de te le dire, Lu… mais enfin, je ne crois pas que tu sois son genre.

— Je ne t'ai rien demandé, le coupe-t-elle sèchement.

— C'est juste pour ne pas que tu te fasses d'illusion, se défend Jules.

— Je suis habituée à ne pas me faire d'illusion. Tout le monde n'a pas ton physique, assène-t-elle, prête à lui tourner le dos.

— Attends, attends. Ce n'est pas du tout ce que je voulais dire. Ça n'a rien à voir avec ton poids, encore moins avec toi. Je pense juste qu'il préfère les garçons.

— Hein ? Quoi ? Mais n'importe quoi ! Juste parce qu'il a voulu te faire la bise ? Tu délires complètement ! proteste-t-elle, les sourcils contractés.

— Non, rien à voir avec ça. C'est plus… une question de regards appuyés. Et puis, mon gaydar me trompe rarement, laisse-t-il échapper dans un sourire.

— Ah mince, c'est bien ma chance, laisse échapper Lucie, dans un soupir.

Kamel, gay ? Elle qui croyait partager avec lui quelque chose de spécial. Alors elle s'est fait tout un film ? De tous les scénarios fabuleux qu'elle a imaginés, aucun ne verra le jour ? Leur relation restera donc purement amicale ? Elle éprouve une pointe de déception, plus qu'une pointe même, mais aucun nœud à l'estomac. Étrangement, la nouvelle situation lui convient. Tout de même, elle s'étonne d'avoir été aussi aveugle. À force de ne regarder que son nombril ces derniers temps, elle n'a rien vu, rien compris.

— Oh, mais je viens juste de comprendre, frérot, sourit-elle. Grindr, c'est Tinder pour les gays ?

— Quelle déduction incroyable ! Mes respects, madame.

Lucie se jette dans ses bras.

— Merci, mon frère !

— Comment ça, merci ?

— Merci de me faire confiance. Merci de me le dire. Ça me touche. Vraiment. Et pardon aussi. Je suis une nouille. Pourquoi je n'ai rien vu ? J'allais si mal ces dernières années que je n'arrivais pas à penser à autre chose qu'à mon nombril… et comme ledit nombril est coincé sous un tas de bourrelets… Enfin, tu vois le topo. J'ai trop envie que tu me racontes, qu'on se retrouve tous les deux. Sans vouloir te forcer. Seulement si tu veux.

— Je veux bien, j'aimerais beaucoup. Mais là, maintenant, tout de suite, j'ai du taf, frangine ! Demain aprèm, tu as un peu de temps ? Je peux passer chez toi quelques heures avant de revenir ici.

— Carrément, je trouverai le temps, Julot ! Tu viens quand tu veux.

— Prépare-toi, parce qu'il y a beaucoup d'épisodes à rattraper.

— Je suis toujours prête pour une aprèm de *binge-talking* ! Si je ne t'avais pas comme frère, je te choisirais, termine-t-elle, en l'embrassant délicatement sur la joue en signe d'au revoir.

18

Dring dring. 15 h 10. Jules vient d'arriver. Une vague de joie submerge Lucie, tandis qu'elle se lève de son canapé pour lui ouvrir la porte. Il lui tend son poing pour un rapide check. Elle préfère entourer son cou de ses bras et l'enlacer tendrement. Ce n'est pas tous les jours qu'elle a l'occasion de s'adonner à un câlin fraternel. Il ne repousse pas cette démonstration d'affection. À quand remonte la dernière fois qu'ils ont passé un moment seuls tous les deux ?

Ce moment d'intimité qu'elle s'apprête à partager avec son frère lui rappelle les vacances bretonnes, cette période de la première quinzaine de juillet, avant que les cousins débarquent, quand ils dormaient dans la même chambre, partageaient le même grand lit. Jules, en bon hyperactif, gigotait avant de s'endormir, tirant les draps de son côté, débordant le lit qu'elle s'appliquait à faire soigneusement le matin, couverture bien lissée et oreillers bouffants. La nuit, il respirait très fort, son souffle dans les tympans comme si elle avait un coquillage collé au pavillon, parce qu'une fois les yeux fermés il se plaquait contre elle, cherchait sa chaleur, ses petites mains agrippant son bras et ne le lâchant plus jusqu'au matin. Elle avait hâte qu'Anne-Sophie arrive, que le petit frère soit relégué dans une autre pièce avec le reste des cousins. Pourtant, ce moment rien qu'à eux avait du bon.

Combien d'histoires drôles s'étaient-ils échangées en chuchotant sur le traversin ? Combien de fous rires quasi silencieux, afin de ne pas se faire gronder par les parents ? Beaucoup. Elle aimait aussi leurs jeux sans fin sur la plage, creuser creuser creuser le sable à pleines mains jusqu'aux couches compactes et mouillées, s'allonger dans le trou, se laisser enterrer vivante puis laisser son frère tenter d'enlever le tout sans jamais la toucher, rigoler du contact cutané involontaire, faire ainsi se fendiller le sable restant sur son ventre, courir se rincer dans la mer agitée et pleine d'écume, et puis n'en avoir rien à faire des grains de sable restés coincés dans le tissu blanc de la culotte du maillot ni de ceux collés à ses mollets ou entre ses orteils, avant d'enfin s'en débarrasser en s'émerveillant des coulées cuivrées en forme d'estuaire se détachant sur le blanc de la baignoire. Elle adorait l'éclabousser tout autant que se prendre par surprise un seau d'eau en pleine figure pendant leurs interminables parties de pêche aux coquillages ou à la crevette dans les petits bassins créés par la marée basse entre les rochers, « méduses » aux pieds pour éviter qu'ils ne s'entaillent la plante.

— Tu veux du thé ? Un café ? Quelque chose à boire ? C'est moi qui fais le service. Va t'asseoir dans le salon.

— Je veux bien du café, merci. Ça va m'aider à me réveiller.

— Un gros mug, bien noir ?

— Oui, oui. *The usual.* Tu n'as pas un petit truc à grignoter ?

— J'ai enfourné les scones il y a huit minutes, poursuit Lucie en regardant son portable. Dans sept minutes chrono, ça sera prêt !

— Ah, je me disais bien que ça sentait bon ! Je pensais que tu avais allumé une bougie parfumée mais, en fait, tu fais ta vraie *lady*, je suis bien reçu.

— Tu voudras de la confiture ou du beurre ?

— Du beurre, évidemment. Euh, attends, c'est pas de la margarine, hein, c'est du vrai beurre ?

— Oui, sourit-elle.

— Et il est salé ?

— À ton avis ? questionne Lucie en prenant un air offusqué. Tu crois que j'oserais proposer du beurre doux à mon frère préféré ? Ça ne serait pas digne d'une *lady* ni de nos origines bretonnes !

Lucie a apporté le goûter sur un plateau. Ils trinquent, mug de café contre grand bol de thé. Silence à rompre tout autant que les scones au cœur chaud et tendre d'un coup de couteau pour y faire fondre le beurre ensuite.

— Je suis content d'être là, Lulu, commence Jules.

— Moi aussi, je suis contente que tu sois venu.

Ils échangent des banalités, qui, pourtant, reflètent le fond de leurs pensées.

— Si, petite, on m'avait dit qu'un jour on serait assis là, tous les deux, à partager des scones, je n'y aurais jamais cru ! déclare Lucie.

— Ah bon ? Moi je trouve que ça nous ressemble bien, s'étonne Jules. C'est ton côté Wendy.

— Wendy ? Tu veux dire la fifille insupportable et donneuse de leçons dans *Peter Pan* ?

— Oui, oui, elle, s'esclaffe-t-il. C'est vrai qu'elle a un côté insupportable mais, pour moi, c'est surtout l'incarnation de la gentillesse. C'est le pilier de l'histoire. Ses frères sont pas toujours commodes et, pourtant, elle reste là à veiller sur eux. Toi aussi, tu me racontais des histoires et tu t'occupais toujours de moi alors que, bon, faut l'avouer, j'étais pas le petit frère le plus facile. J'étais, un peu, agité !

— Une vraie pile électrique, c'est vrai.

— Et pareil pour les enfants perdus. C'est un peu tes élèves, non ?

— C'est drôle que tu dises ça, je n'y avais jamais pensé.

— De la fille aînée responsable à la prof de collège, pourtant, le chemin était tracé. J'étais jaloux, tu sais.

— Jaloux ?

— Ben oui, qu'est-ce que tu crois ? Pourquoi je cherchais tout le temps à t'embêter à ton avis ? J'en avais marre que tu sois toujours le modèle, je voulais te faire craquer.

— Tu réussissais parfaitement, plaisante Lucie.

— Désolé.

— Je ne t'en veux pas, enfin, je ne t'en veux plus, précise-t-elle en gobant une bouchée de scone beurré, assortie d'une gorgée de thé noir qui réchauffe son palais. C'est vrai qu'on n'arrêtait pas de se chamailler. Tu sais, j'étais tellement jalouse, moi aussi.

— C'est pas vrai ?

— Si. T'étais toujours le petit préféré. J'avais l'impression que tout ce que je faisais pour exister ne suffirait jamais. Quand je ramenais des bonnes notes, c'était normal. Par contre, si j'avais une mauvaise note, là, c'était la cata, surtout quand c'étaient des notes de conduite, parce que j'avais été bavarde en classe. Tandis que, toi, ce n'était jamais grave.

— C'est vrai, ça n'a pas dû être facile. Mais tu sais, pour moi non plus. Je me sentais invisible. Je pouvais faire n'importe quoi, ça ne comptait pas. Et, au final, ça ne m'a pas aidé. Tu vois, c'est un peu comme si j'avais été considéré comme noble de par ma naissance et mon sexe, forcément, et que je pouvais tout me permettre en étant assuré de ne jamais être déchu de mon titre.

— Ouais, je vois.

— Et ça ne facilite pas non plus la communication. Quand j'ai réalisé en Terminale que j'aimais les garçons, oui, j'avais flashé sur Florent, mais bon, c'était pas du tout réciproque, c'est pour ça qu'on s'est embrouillés à la fin de l'année. Les parents ont cru que c'était le stress des révisions du bac, en réalité, je m'étais fait jeter. Bien sauvagement en plus.

— Oh, mon pauvre. Ça a dû être tellement dur.

— Oui, c'était violent. C'est pour ça que je suis parti de la maison dès que possible. Ça m'a permis de rencontrer des gens qui ne m'avaient pas connu comme le tombeur de ces dames au lycée, ni comme le mec qui a voulu choper son meilleur ami et s'est pris un poing dans la gueule en se faisant traiter de « sale pédé »…

— Je comprends mieux ton départ soudain.

— Je ne me sentais pas d'avouer aux parents que j'étais gay, surtout après être sorti si longtemps avec des filles. Tu vois, en gros, ils m'ont toujours laissé conduire ma vie comme je le voulais parce que j'étais un mec, alors comment leur annoncer qu'en fait je ne suis pas celui qu'ils croient ?

Lucie lui prend la main, le regarde dans les yeux, qu'il a larmoyants. Elle ne sait que répondre.

— Honnêtement, j'aimerais t'affirmer que tout ira bien… En vrai, je n'en sais rien. Enfin, je sais juste qu'ils t'aimeront quoi qu'il en soit, ça, j'en suis sûre. Mais je n'arrive pas à prévoir avec certitude quelle sera leur première réaction. Peut-être qu'il leur faudra du temps. En tout cas, *I'll have your back. Whatever happens*, termine-t-elle en anglais, comme à chaque fois que l'émotion l'emporte.

Jules essuie une larme au coin de l'œil. Il sourit.

— Je sais tout ça, *sista*.

Elle sait aussi qu'il est là pour elle. Jamais il ne lui a tourné le dos. S'il a fait son chemin sur les pentes pyrénéennes et sous le vent breton plutôt que sous le regard parental, c'était pour pouvoir rester lui-même. Et ses petits MMS de régates, de catamarans, de mer démontée, de sauts à ski et de poudreuse sous les sapins, c'était son moyen à lui de garder le contact. Prenant ses gestes pour de la superficialité, elle s'est éloignée de lui, de ce petit frère agité qu'elle a, pourtant, au fond, toujours porté dans son cœur. Elle s'en veut de ne pas avoir été plus présente, surtout quand il est revenu au printemps. D'autant qu'elle découvre que c'était pour s'installer chez son copain et qu'il a pris la porte quelques mois après. D'où son arrivée sur Grindr pour éponger ses blessures. Elle aurait aimé pouvoir l'assister durant cette rupture ; il ne lui en tient pas rigueur.

— On ne peut pas toujours être là pour les autres, Lulu !

— Tu as tellement raison…

— Et toi ? Tu n'es pas trop déçue pour Kamel ?

— Oh, c'est gentil de t'en préoccuper. Eh bien, honnêtement, non, pas trop. Je me sens un peu bête d'avoir flashé sur lui alors qu'il n'y avait pas moyen, ça, c'est sûr. C'est tout moi d'avoir interprété son sourire et ses clins d'œil comme des tentatives de séduction.

— En même temps, il est tout sucre et tout miel, ça peut induire en erreur.

— Oui, oui, tu vois, il est du genre à amadouer ses interlocuteurs dans son boulot, alors forcément, c'est devenu une habitude dans sa vie. J'ai voulu croire que c'était juste pour moi alors qu'il est souriant avec tout le monde ! Tu sais, ses potes l'appellent Kaméléon, ça aurait dû me mettre la puce à l'oreille, concède-t-elle en absorbant une gorgée de thé.

— Peut-être, pouffe Jules. Enfin, c'est quand même un mec sympa.

— Ça, c'est sûr ! Je pense qu'on peut même devenir bons copains mais il faudrait que je le connaisse davantage. Je n'ai passé que deux soirées avec lui tout compte fait, c'est pas énorme. Tu vois, je me demande encore pourquoi je me suis enflammée comme ça. Il faut que je fasse attention, que j'arrête de croire qu'un mec est « le bon » dès que je peux y projeter mes fantasmes…

Jules a la pertinence de se taire. D'ailleurs, qu'y aurait-il à répondre ? Elle coupe un scone en deux, l'enduit de beurre. La matière grasse se liquéfie au contact de la tiédeur du biscuit, aussi tranquillement que l'ambiance chaleureuse et fraternelle fait fondre Lucie. Une moitié pour son petit frère, l'autre pour elle.

— Tu sais, Jules, c'est marrant que tu aies fait référence à Wendy. Tu te souviens, au début, elle dit qu'elle ne veut pas grandir, comme Peter Pan ?

— Oui, elle veut rester une enfant, pouvoir s'amuser au pays imaginaire.

— J'en discutais la semaine dernière avec ma psy…

— Tu la vois toujours alors ? Je croyais que c'était juste pour la signature.

— Je croyais aussi. Mais elle m'aide beaucoup. Ce moment hebdomadaire m'offre un espace de liberté. Dans son cabinet, je peux m'exprimer sans être jugée. Des événements qui me paraissaient auparavant trop anecdotiques pour être racontés, eh bien, j'en parle et cela me fait du bien de me confier, d'extérioriser mes émotions. Par exemple, l'autre jour, j'ai eu une matinée difficile, avec un élève qui m'a posé des problèmes, parce qu'une pauvre gamine a sorti sans faire exprès une serviette hygiénique de son sac.

— Ah, gênant, admet Jules, en engloutissant un énorme bout de scone encore tiède.

— Oui, super gênant, en plein cours qui plus est. Le garçon l'a vue et a commencé à se moquer d'elle. J'ai tout essayé pour tasser l'affaire et je pense que je me suis pas mal débrouillée, j'ai réussi à éviter que la petite soit exposée devant les autres élèves, même si lui n'a pas trop compris la leçon. Mais cette anecdote a fait resurgir plein de souvenirs… Tu te rappelles le calendrier où mes règles étaient affichées ?

— Celui des étoiles quand je réussissais l'exploit de ne pas pisser au lit ?

— Oui, celui-là.

— J'avais tellement honte que tout le monde puisse être au courant. Ah, les parents…

— Je sais. J'en ai parlé avec la psy. Je lui ai dit que cette période avait été très dure, que je m'étais sentie traitée différemment dès que j'avais eu mes règles, parce que j'étais devenue une « femme », comme si on voulait me forcer à grandir, je n'avais aucune envie qu'on pénètre dans mon intimité, raconte-t-elle d'une voix remplie d'émotion.

— La puberté, quelle galère ! De quoi te donner envie de rester Wendy…

— Sans la psy, jamais je n'aurais tilté, mais il y a dix jours, j'ai relu un passage de mon journal intime, celui que je tenais quand j'étais petite, j'avais écrit au sujet de ma poupée Barbie que je voulais lui ressembler, être mince.

— Je ne vois pas trop le rapport.

— En fait, je croyais que grand-mère te préférait parce que tu étais tout en muscles, déjà à l'époque, même s'ils n'étaient pas aussi… développés ! blague-t-elle.

— C'est sûr, rétorque Jules, en esquissant un petit mouvement de gonflette.

— Et, moi, elle n'arrêtait pas de me dire que j'étais rondelette, « potelée », c'était le mot qu'elle utilisait tout le temps. Le problème, en vrai, ce n'est pas juste que j'étais potelée, c'est que j'allais être une femme, non plus une petite fille. Et qu'aux yeux de grand-mère ou maman, de toute façon, grosse ou maigre, mon corps n'aurait jamais été comme il fallait. Regarde maman, elle ne mange jamais rien : elle a passé sa vie à essayer de rester mince pour répondre aux exigences de grand-mère. Enfin, ce qu'elle croit être ses critères de perfection. Pour ce que ça a donné… souligne-t-elle d'un haussement de sourcils.

— C'est clair que ce n'est pas en demeurant au bord de la maigreur qu'elle a réussi à s'attirer ses faveurs…

— Voilà ! Toi, tu étais le préféré, pas parce que tu avais des muscles, mais parce que tu étais un garçon. Donc on te laissait tranquille. Moi, j'étais en permanence sur une pente glissante parce que j'allais devenir une femme au lieu de rester la petite Lucie-Wendy. Maman, c'est pareil, à l'inverse.

— Euh ? Je ne te suis plus du tout, là.

— Regarde, elle a gommé ses rondeurs pour devenir androgyne. Pourtant, avoir des formes, c'est normal pour une femme… Mais pas dans notre famille maternelle apparemment. Comme si une femme dans cette branche ne devait pas posséder un corps de femme, comme si ça les dégoûtait tous ! Pourquoi ? Ça, je n'en sais rien. Il y a un truc chez eux, chez nous, qui cloche, qui n'est pas clair… Bon, ce sont des intuitions, on en reparlera quand j'aurai plus avancé avec la psy.

— Super ! Tu fais le boulot pour moi, frangine.

— Allez, je te laisse filer, c'est l'heure et on se revoit vite. Soit juste tous les deux, soit je passerai au bar avec toute la bande. Tu me diras quand a lieu le prochain match d'impro !

— Tu sais que t'es la meilleure ?

19

C'est avec énergie que Lucie se rend ce jeudi à son premier cours de self-défense. Le match d'impro a achevé de la convaincre, elle a envie d'oser. Si ça ne lui plaît guère, tant pis. Au moins, elle n'aura pas de regrets ! La volonté au corps bien ancrée de découvrir une nouvelle discipline, elle arrive cinq minutes avant le début de la séance, remontée, avec l'envie d'en découdre – un, deux, trois, dans ta face, dans ton bide –, en jogging, T-shirt, sweat et baskets. Ingrid lui a juste conseillé de se vêtir confortablement. Les participantes arrivent au compte-gouttes. La plupart, tout juste sorties du boulot, passent une tête, crient « Salut, désolée du retard, je me change, j'arrive » et filent aux vestiaires. Lucie passe en revue les femmes déjà présentes et aperçoit Béatrice. Elle ne s'attendait pas du tout à la revoir avant la réunion des patients de la mi-octobre.

Cette dernière esquisse un sourire en sa direction et hoche la tête : elle a l'air de se souvenir d'elle. Bon, elle ne se jette pas sur elle en lui claquant la bise comme le feraient deux meilleures amies. Autrefois, elle s'en rend compte, Lucie aurait pris ce bonjour furtif et silencieux comme un signe de rejet, une mise au rebut. Là, elle ne cherche pas à interpréter. Elle suppose que c'est une marque de respect et de discrétion. Elle ne va pas non plus lancer à la cantonade devant toutes ces inconnues qu'elle envisage la chirurgie bariatrique. Enfin, si elle le veut toujours. Ni une ni deux, elle se rapproche de Béatrice et engage la discussion, en attendant qu'Ingrid lance le top départ.

— Vous venez depuis longtemps ?

— On peut se tutoyer, non ? Qu'est-ce que tu en penses ?

— Ça me va, acquiesce Lucie. On repart à zéro alors. Tu viens depuis longtemps à ce cours ?

— Oui, ça fait un an maintenant. Toi, c'est la première fois ?

— Tout à fait ! Et alors, en un an, tu sais te battre ? demande Lucie, faussement ingénue.

— Me battre ? Évidemment. T'as pas vu que j'étais Terminator ? Regarde-moi ces muscles, plaisante Béatrice en tripotant la peau qui pendouille de ses bras et, sous l'effet de la palpation, se met à trembloter comme une voile affaissée. Sans rire, ne crois pas que tu vas devenir une machine de combat. Par contre, sans mauvais jeu de mots, tu vas acquérir des tactiques te prouvant que tu peux faire le poids.

Lucie absorbe les propos de son aînée. À vérifier en pratique. De toute façon, si jamais elle ne se plaît pas dans le cours d'Ingrid, elle a prévu un plan B : elle s'achètera au moins l'album *Les Crocodiles*, entraperçu l'autre jour dans la salle d'attente de la psy. C'est dans sa *to-do-list*. Pas tant pour voir les silhouettes vertes écailleuses des reptiles symbolisant les dragueurs lourds. Davantage pour ne plus jamais se sentir démunie ou détourner les yeux de ces scènes de chasse et l'aider à avoir de la repartie si des crocos voraces se mettaient à vouloir bouffer de la « grosse vache ».

Quand Ingrid démarre, Lucie écoute avec attention, l'esprit ouvert, le corps engagé. Elle ne fait pas semblant : cette soif d'apprendre lui ressemble bien. Reste que, cette fois, elle ne se bouge pas pour ses élèves ni, au fond, pour conserver cette éternelle place de première de la classe, ne pas chuter du podium, ne pas écailler ce vernis de fille fiable qui bosse dur, réussit ce qu'elle entreprend et ne connaît pas l'échec. Aujourd'hui, son investissement est plus profond, plus coriace. C'est en cognant patiemment, avec application puis, plus vite, en mode automatique, fort et avec rage, contre la mousse du bouclier en cuir tenu par Béatrice devant elle qu'elle réalise, dans tout son corps, qu'elle veut faire face, et ainsi se donner un coup de main.

Le cours est quand même très physique : et qu'elle sautille, et qu'elle s'exerce aux coups de pied et de coude arrière. Elle transpire et devient vite rouge de sueur. Comme un cochon. Et elle s'en fiche. Ça lui plaît, peut-être même plus que le yoga d'ailleurs. Ici, elle sent qu'elle peut se défouler, évacuer le trop-plein, ce qui lui pèse. Se décharger lui paraît soudain aussi nécessaire que de se recentrer. Ses parents auraient peut-être dû la laisser se casser le nez à la boxe en primaire. Au moins, elle aurait eu un exutoire, en correspondance avec son côté ordonné. Corde à sauter. Un, deux. Méthodique et guerrier.

Elle tape tape tape. Sans se réfréner. C'est aussi sa façon de décrocher de Kamel. Ça aide, d'avoir à se débarrasser de sentiments qui s'étaient projetés sur une cible, pour le coup, inatteignable ; ça aide, d'avoir à se dégrever d'émotions négatives qui la plombent. Paf ! Elle s'affranchit de son énervement envers Mathis, ce petit lâche, cet hypocrite, ce traître. Bam ! Ah, ça, il a su lui faire les yeux doux juste pour ne pas récolter de mot dans son carnet. Grrr ! Il a montré patte blanche, elle s'est bêtement laissé amadouer… Gnap ! Tout ça pour apprendre en début de semaine qu'il a ouvert grand la porte du vestiaire des filles après le cours d'EPS. Vlan ! Son téléphone portable à la main, en train de filmer les gamines en culotte et soutif. Paf ! Heureusement, la prof l'a vu faire et lui a confisqué immédiatement l'objet du délit. Pas de vidéo en ligne. Bam ! Réunion chez la CPE, conseil de discipline. Grrr ! Elle ne peut s'empêcher d'avoir aussi de la peine pour ce gosse, de se dire qu'il joue au loup en troupeau pour mieux cacher ses émotions d'ado, son petit cœur d'agneau. Gnap ! Ingrid l'a encouragée à ne pas retenir les coups, à ne pas craindre de faire mal. Vlan ! C'est vrai qu'au début elle n'osait pas. Paf ! Mais elle a fini par lâcher. Bam !

Et elle sent indistinctement qu'elle va y parvenir. Vlan ! Elle est prête à regarder ses peurs, sa vulnérabilité, ses insécurités et à se voir de l'autre côté du miroir. Paf ! Bam bam bam ! Paf ! Bam bam bam !

Elle se comprend mieux maintenant. Elle a essayé de s'en sortir. À sa façon. En faisant exploser les chiffres sur la balance. En prenant l'habitude de garder les yeux toujours rivés au sol dans la rue pour soi-disant éviter les crottes de chien. En vérité, de peur d'entendre les « gros mots » – signe d'ailleurs que l'adjectif « gros » reste revêtu d'une strate moralisatrice, comme le lui a fait remarquer l'autre jour la psy –, comme ce « grosse vache » qu'elle a laissé passer et ravalé par honte. Seulement un petit mois s'est écoulé depuis son anniversaire et, pourtant, elle a tellement changé. Qui aurait pu prévoir qu'elle serait ce jeudi en train de s'exercer à dégager son poignet d'une étreinte contrainte, à envoyer sa paume de main en direction du visage prétendument belliqueux qui lui fait face ? Et pof, une touche dans le menton ! Qui aurait pu prévoir qu'elle apprendrait ce soir à désamorcer des agressions en déstabilisant verbalement ou d'un simple regard son adversaire ? Elle-même peine à l'admettre.

À la fin du cours, elle fait un petit coucou de la main à Ingrid pour lui dire au revoir tout en continuant d'échanger avec Béatrice jusqu'à la sortie.

— Tu as encore de la force pour rentrer chez toi en pédalant ? s'étonne-t-elle, rincée comme elle est, en apercevant le vélo de son acolyte. Moi, je suis au bout du bout.

— Oh, non, ça va. C'est juste un coup de main à prendre. Enfin, un coup de pied pour le coup ! fait remarquer Béatrice, enjouée, en ôtant l'antivol et revêtant son casque.

— Whaoo… je suis admirative. Moi, je n'arrive pas encore à me prendre en main comme ça, observe Lucie.

— On n'a pas le même âge, faut dire. J'ai mis du temps. Chacun son rythme. Allez, à jeudi prochain !

Béatrice boucle son casque et file. Lucie reste quelques instants rêveuse à observer sa silhouette qui rapetisse, son phare arrière rouge clignotant. Une sacrée bonne femme. Une battante. Une gagnante. En la voyant comme ça, on ne se douterait pas qu'elle a un jour pesé plus de 130 kilos et été extrêmement mal dans sa peau. Un vrai modèle. Dis donc, elle ne pensait pas qu'elle serait boostée à ce point par cette soirée. La découverte de cette discipline a été moralement stimulante, même si physiquement épuisante. Lucie se sent plus combative. Elle s'est bien rendu compte lors de la « réunion des Gros » des épreuves qui l'attendraient après l'opération. Les gens n'aiment pas les gros, ni ceux qui l'ont été. Ils en ont peur. Ils représentent exactement ce qu'ils craignent de devenir. Ce qu'ils ne voudraient surtout pas être. C'est une évidence, soudain. Une révélation. Ça y est, elle se sent d'attaque. Prête à relever le défi, au fond, de tenter de réussir sa vie.

20

Les poumons impétueux, Lucie descend de son vélo. Qu'est-ce qu'elle aime maintenant se livrer à ce petit effort physique le matin avant d'aller travailler, qui plus est avec la musique de Bachar Mar-Khalifé en sourdine dans ses écouteurs ! Le soir, c'est encore mieux, pédaler lui permet de se vider l'esprit après la folie de la journée, les groupes d'élèves qui s'enchaînent dans sa classe et les sursauts d'impertinence de Mathis. Depuis qu'elle a revendu son vélo d'appartement et s'est offert avec la somme engrangée un vélo électrique, rendant les côtes moins raides et suantes, elle ne se déplace plus jamais sans. Que ce soit pour aller au collège, au yoga, à la self-défense, chez la psy, aux « réunions des Gros » et même chez ses parents – et peut-être un jour jusqu'à la coloc de Jules, à Paris, même si ça fait une trotte, elle l'envisage. Quel que soit le temps. Comme en ce lundi de retour de vacances où la température est de 4 degrés. Le ressenti est plus froid, forcément, avec le vent. Ça souffle aujourd'hui, elle a les joues rosies, le bout du nez congelé. Mais ça la réchauffe de pédaler, ça la réveille jusqu'au bout des orteils, ça muscle ses journées.

Elle a presque du mal à se reconnaître. C'est comme si elle s'était délestée. Elle s'est apaisée, ne se sent plus jugée en permanence. Elle a opéré son tournant, a entamé son virage vers la liberté. Son mantra est devenu *Yes, I can*. En se dépensant, elle s'énergise et découvre les vertus de l'activité physique, la sérénité que l'exercice lui apporte, et non pas seulement la compensation des calories ingérées. Elle ôte son casque, le suspend au guidon et aperçoit une silhouette en train d'avancer son vélo dans les racks. Elle se demande qui c'est. Surtout si tôt. Elle n'a pas pour habitude de croiser d'autres cyclistes à cette heure matinale.

— Bonjour et bonne année ! clame-t-elle.

Tiens, c'est un visage inconnu qui se tourne vers elle. Ce mec ne paie pas de mine dans son coupe-vent informe, son cache-nez, ses gros gants en polaire, les cheveux aplatis par le casque. Mais Lucie prend garde de ne pas s'arrêter aux apparences, *she knows better*. Il lui sourit, renifle – forcément, le vélo par temps froid, ça donne la goutte au nez –, lui adresse également ses vœux poliment et se présente presque timidement. C'est José, le remplaçant de Nathalie, sa collègue prof de physique-chimie, partie en congé maternité. Elle avait prévu de s'arrêter fin janvier mais son col est trop ouvert, elle a été alitée un peu avant Noël. Ils discutent gaiement jusqu'à la salle des profs. Le collège est encore en hibernation. La première sonnerie n'a pas retenti, les surveillants n'ont pas ouvert les grilles, les élèves ne sont pas encore agglutinés à l'entrée, certains fraîchement déposés par leurs parents en voiture (mais au coin de la rue, pas juste devant, pour ne pas se taper la honte devant les copains).

Elle est contente de reprendre le travail après les fêtes de fin d'année. Elle est surtout impatiente de mettre en place dans la classe de 3e ce projet d'improvisation théâtrale sur les rapports filles-garçons pour lequel elle s'est investie corps et âme. Il faut avouer que le scandale Weinstein a achevé de convaincre la CPE, la principale et son adjoint de l'utilité de l'entreprise et a permis d'expédier les formalités administratives. « Beau boulot », l'avait félicitée sa collègue Annie, qui, en bonne prof de SVT et militantisme féministe chevillé au corps, a été la première à insister pour élargir les interventions extérieures sur la contraception à tous les élèves et surtout à la question des relations entre les ados. Liberté sexuelle, égalité, respect. Lucie s'était senti pousser des ailes.

— Si tu as des idées de projets, de sorties scolaires ou autres, n'hésite pas à m'en parler, propose-t-elle spontanément au nouveau venu – il débarque, alors elle peut mener la barque. J'ai bien conscience qu'il y a peu de ponts entre nos disciplines, mais tu es là pour un petit moment, donc si je peux t'aider, ce sera avec plaisir.

— Merci, c'est vraiment sympa de ta part, répond José, apparemment touché.

— On a aussi quelques classes en commun, je pense à la 5e B, donc si tu as envie de discuter d'élèves qui te posent problème, je suis là. J'imagine que Nath t'a déjà filé les infos mais, si jamais tu as besoin de parler, tu sais où me trouver.

Lucie la ressource. Elle a de plus en plus la sensation d'incarner ce surnom qu'Ingrid lui a donné lors d'un cours de self-défense. Bon, tous ses problèmes n'ont pas disparu pour autant, mais elle a appris à les hiérarchiser, au lieu de tout enfouir et de se sommer à dé-dra-ma-ti-ser. Les soucis, maintenant, elle les gère avec audace, de l'audace, toujours de l'audace. José la regarde avec surprise. Il est séduit, elle le perçoit. Dans ses yeux ne s'affiche pas juste la complicité d'un double condisciple, prof et cycliste. Mais, même là, Lucie n'est pas plus étonnée que cela. Puisque, dorénavant, elle le sait, elle resplendit, comme le lui ont dit ses parents, qui ne lui parlent même plus de son poids. Comme quoi, tout arrive ! Elle a de plus en plus confiance en elle. Sur tous les plans. Fini le côté fleur bleue adolescent avec Kamel.

Quand elle repense à leur première rencontre et à tout ce qu'elle avait fantasmé… Elle n'a pas trop tardé à sortir de cette amourette idéalisée et à réaliser qu'elle éprouvait pour son génial voisin des grands sentiments, purement amicaux. Aujourd'hui, c'est bien terminé toute cette histoire, ça lui paraît tellement loin. Fini, les films dans sa tête ! Fini, les plans sur la comète ! Elle est bien contente d'avoir dépassé ce stade, de ne plus être bourrée d'angoisses et de désirs contradictoires, de ne plus vouloir à la fois qu'un homme l'embrasse et que ça aille plus loin et, en même temps, d'avoir peur de plaire, quasi persuadée, la boule au ventre, qu'elle serait en fin de compte mal à l'aise dans ses bras, qu'elle ne serait pas à la hauteur. Elle n'en fait plus tout un plat. Désormais, elle ne se dit plus dès qu'un type s'approche « Il suffirait qu'il pose les mains sur ma taille pour sentir mes bourrelets ». Elle ne craint plus systématiquement de faire fuir la gent masculine. Bonjour la vie ! Comme elle vient, tout simplement. Elle est curieuse de voir comment la situation évoluera avec José. Lucie n'est pas fermée, en tout cas, elle est prête à le connaître davantage. Elle va même prendre les choses en main, mettre les bouchées doubles.

— Tiens, rien à voir, mais samedi prochain, on organise un tournoi de fléchettes dans un bar avec des copains à moi. La plupart bossent au centre social. Ça te dirait de venir ?

Elle lui ouvre une porte. À lui de se faufiler, de saisir sa chance. Quand elle va raconter à sa psy qu'elle a « allumé » le nouveau prof, ça va lui faire plaisir… Sûr, elle va être fière de sa patiente. Quelle revanche ! Dire qu'en août elle était convaincue que c'était seulement en perdant 30 kilos qu'elle pourrait plaire aux hommes et qu'elle parviendrait à se sentir bien, dans sa peau et dans sa tête. C'est vrai, elle a peut-être perdu 1 ou 2 kilos depuis. Allez, 3, maxi. Elle n'en est pas sûre, elle ne se pèse plus de manière obsessionnelle.

Elle se rappelle encore le visage déconcerté de Jules aux vacances de la Toussaint, quand il a vu son entrée encombrée de cartons. Elle entend encore son « Mais, Lulu, tu déménages ? » et son propre éclat de rire qui avait suivi. Ces cartons, remplis des cochonneries dont elle se séparait, ses réserves de Nutella, de gâteaux, hop : direction le centre social. C'était sa manière de faire du tri dans sa vie, sa reprise en main alimentaire. Jules avait essayé de cacher sa déception, s'imaginant qu'elle replongeait dans le délire infernal des régimes. Rien à voir. Elle avait mieux à faire : elle allait remplacer les gâteaux par les bananes, pleines de potassium. Elle allait cesser de se remplir la panse dès qu'elle en avait gros sur le cœur. La bonne nouvelle, c'est qu'elle y arrive ! Sans évacuer à tout jamais les pâtes à la carbonara ou la purée avec du beurre jaune fondant et délicieux en son milieu et une cuillère de crème. Elle s'est enfin autorisée à déguster une bûche aux marrons à Noël sans culpabiliser. Le plaisir de manger (et de vivre), c'est autant le choix que la rareté et la diversité, lui avait expliqué la diététicienne. Et ça peut aller des haricots vert vif craquants à la raclette chaude et savoureuse (à l'exception que les premiers ne laissent pas de trace odorante sur les vêtements). L'appétit de vivre, c'est différent. Cette faim sans fin de vibrer, d'avancer, qu'elle a découverte, elle la laisse s'exprimer. Moins il y a de pression et meilleur c'est.

Quant à son opération ? Ce n'est plus le Graal qu'elle imaginait. Et, au final, elle le sait, ce n'est pas la vie qui est devenue plus clémente, c'est sa façon à elle de la vivre. Elle ne va plus s'empêcher d'exister pour ces kilos qui offusquent les normes ambiantes. Un peu plus de confiance en soi, ça ne sert pas qu'à éviter les mauvaises rencontres. Ça crée aussi la possibilité de nouvelles. Cerise sur le gâteau : José accepte l'invitation, il en a même les yeux qui pétillent et la moustache qui frétille. Lucie s'en félicite. Eh oui, suffisait d'oser ! Ça lui file la pêche. Allez, petit signe de la main et sourire aux lèvres, chacun direction sa salle de cours. La journée s'annonce alléchante.

Remerciements

Avant tout, je tiens à remercier Catherine Grangeard d'avoir pensé à moi pour cette histoire à quatre mains – merci au hasard aussi : sans cette première interview, Lucie n'aurait pas existé !

Merci également à Stéphanie Ricordel de nous avoir fait confiance et d'avoir permis à ce projet de se concrétiser. Merci pareillement à Nolwenn Trehondart, pour son accompagnement et ses remarques judicieuses, dégainées en un temps record !

Merci à Clarisse Péan, un « trésor » de première lectrice, qui m'a rendu chapitre par chapitre l'écriture (et la vie pendant cette période) plus belle. Merci à Élise Renoleau d'avoir pris le temps de relire le premier jet sur son trajet quotidien sans faire les gros yeux et, surtout, en dispensant des suggestions d'amélioration avisées. Merci à Sophie Amsili et Audrey Pelé, *besties* pour écouter mes râleries et m'apporter leur soutien amical. Merci à Lucile Leportois, pour son oreille et ses textos attentifs. Merci à Louise Peroni, binôme idéal pour discuter, entre autres, bouquin et projet professionnel autour d'un *bubble tea*. Merci à Amandine Schmitt, toujours présente pour parler du corps, des femmes (avec ou sans virgule) et de littérature (et me laisser parler – beaucoup – de mon livre aussi). Merci à Jean-Laurent Cassely, qui m'a, par ses conseils, aidée à m'aventurer en confiance dans le monde de l'édition.

Merci encore à Caroline Leportois, pour son sprint de lecture et l'engouement avec lequel elle s'y est prêtée ; à Jacques Leportois, pour sa chasse aux coquilles et sa note de fin enthousiaste qui m'a fait chaud au cœur ; à Juliette Leportois, évidemment partante pour suivre à distance les rebondissements de ce roman ; et à Marine Bonduelle, pour sa présence et son écoute, toujours bienveillantes.

Enfin (le meilleur pour la fin), merci à François Pontvianne, qui a vécu à mes côtés toutes ces péripéties complètement *craaaazy* et sur lequel je sais que je pourrai compter quelle que soit l'aventure.

Daphnée Leportois

*

Merci, la vie !

Merci pour toutes ces rencontres, qui ouvrent tant de possibles,

Merci à la philo qui, à 17 ans, en Terminale, met des mots sur l'inconscient et à Freud qui ordonne un peu tout ça,

Merci aux expériences multiples, aux erreurs, aux déconvenues,

Merci à la possibilité de les interroger et d'en faire quelque chose,

Merci au hasard et à la chance,

Merci aux bonnes rencontres,

Aux merveilleux moments…

Merci aux patientes, aux patients qui accordent leur confiance et aux trajets faits ensemble,

A ma super co-auteure,

Et à notre tout aussi super maison d'édition,

Aux collègues,

Aux Maîtres,

Aux amis et amies,

A la famille…

A ceux dont on apprend et à ceux à qui on apprend,

Merci de ces échanges,

Et à vous, lectrices et lecteurs, le mot de la fin,

Merci !

Catherine Grangeard

Publications de Catherine Grangeard ayant trait au sujet de ce roman

Ouvrages

Obésités : le poids des mots, les maux du poids, Calmann-Lévy, 2007.
Comprendre l'obésité : une question de personne, un problème de société, Albin Michel, 2012.

Articles

Avec Patrick Bergevin, « Le seigneur des anneaux », *Enfances & Psy*, vol. 27, n° 2, 2005, pp. 86-95.
« Le poids des représentations : transfert et contre-transfert en chirurgie bariatrique », *Obésité*, vol. 4, 2007, pp 318-324.
« Grossesse et Obésité : sens et contre-sens psychiques pour la patiente et pour le médecin », *Médecine Thérapeutique*, Société de Médecine de la Reproduction, vol. 10, n° 3, 2008, pp 195-203.
« Le suivi en chirurgie de l'obésité », *Obésité*, vol. 6, n° 1, 2011, pp 29-32.
« La chute du régime », *Santé mentale*, n° 174, « un autre regard sur l'obésité », 2013, pp 21-81.
Dirigé par Alain de Mijolla, *Dictionnaire International de la Psychanalyse*, « Obésité », 2013.
« La faim des régimes », vol XVI, n° 2, *Correspondances en MHDN (Métabolismes, Hormones, Diabètes et Nutrition)*, 2013.
Dossier Obésité, *Le journal des psychologues*, n° 311, 2013.
Coll., *Le poids du corps à l'adolescence*, Albin Michel, 2014.
« Écouter l'obésité », *Actes du Congrès Espace Analytique*, Erès, 2014.
« Tous les corps sont différents, tout le monde est donc normal », *Causette*, Hors-série « Tous manipulés ? », 2015, pp 64,65.
« Le corps et la tête… mais où est la personne ? », *Pratiques en Nutrition*, n° 43, 201).

Pour retrouver tous les billets parus : *http://catherinegrangeard.blogspot.fr*

PEFC
10-31-2541
Certifié PEFC
Ce produit est issu de forêts gérées durablement et de sources contrôlées.
pefc-france.org

Composé par Soft Office

Achevé d'imprimer par Normandie Roto Impression s.a.s.
sur papier bouffant Lac 2000 80g
N° d'imprimeur : 1801704
Dépôt légal : mai 2018

Imprimé en France